Rainer Bressler, Jurist im Ruhestand und Schriftsteller, geboren 1945, ist Schweizer und lebt in Zürich. In den Jahren 1980 bis 1993 profilierte er sich als Hörspielautor, dessen Hörspiele von Radio DRS produziert und ausgestrahlt wurden.

Bisherige Veröffentlichungen:

7 Hörspiele:

Tom Garner und Jamie Lester; Morgenkonzert; Folgen Sie mir, Madame; Aufruhr in Zürich; Nächst der Sonne; Geliebter / Geliebte; Gaukler der Nacht; Beinahe-Minuten-Krimi

Produziert und ausgestrahlt in den Jahren 1979 bis 1993

Geliebter / Geliebte. 8 Hörspiele, Karpos Verlag, Loznica 2008

Privatzeug 1856 bis 2012. Versuch einer Spurensuche, 5 Bände:

Spur 1 Reisen; Spur 2 Spielen; Spur 3 Schreiben; Spur 4 Dichten; Spur 5 Weben

BoD 2012 bis 2016

Pink Champagne, satirischer Roman, BoD 2020
Schattenkämpfe, Roman, BoD 2020
Kraut & Rüben, Kurzgeschichten, BoD 2020
Reise-Impressionen, Erzählungen, BoD 2020
Fenstersturz, Krimisatire, BoD 2020
Texturen, Krimi-Satire, BoD 2020
Theaterstücke Band I bis …, BoD 2020
Gärung, Gesellschaftssatire, BoD 2020

Lektorat und Korrektorat: Rainer Bressler
www.rainerbressler.ch
Umschlagbild Rainer Bressler Alain, Acryl auf grundiertem
Pavatex, 1980
www.rainerbressler.ch

Die Handlung sowie die Personen sind frei erfunden.
Ähnlichkeiten mit Tatsächlichem sind nicht beabsichtigt.

Herstellung und Verlag: BoD – Books on Demand,
Norderstedt

ISBN: 978-3-7543-5182-6.

Bibliografische Information der Deutschen
Nationalbibliothek:
Die Deutsche Nationalbibliothek verzeichnet diese
Publikation in der Deutschen Nationalbibliografie;
detaillierte bibliografische Daten sind im Internet über
http://dnb.dnb.de abrufbar.

Axthieb

Roman

Rainer Bressler

The world is a comedy to those that think ; a tragedy to those that feel.
Horace Walpole (1717 – 1797), Zitat aus einem Brief an Anne Countess of Ossory vom 16. August 1776

1.

Ich öffne unsere Wohnungstüre. Mit Herzklopfen. In böser Erwartung dessen, was mich hier zuhause erwartet. Nach dem, was geschehen ist. Es ist halb Sechs am Abend. Meine Liebsten, Leslie und Lilly, sollten inzwischen seit Stunden zuhause sein. Werden sich vermutlich gleich auf mich stürzen. Über das losplätschern, was sie vom Geschehen mitten im Nachmittag mitbekamen. Mich mit Fragen löchern. Unbedingt von mir erzählt bekommen, wie es weitergegangen ist.

Der widerliche Krimi, in den wir, vor allem ich, zufällig und unschuldig hineingeraten sind, wird mir zu einem Gefängnis. Was ich an diesem Nachmittag erlebt habe, wirbelt Erinnerungs- und Gedankenfetzen von den immer gleichen, zufällig aufgeschnappten Bildern, und den daraus wild wuchernden Fantasievorstellungen in meinem Kopf herum. Das Dröhnen in meinem Kopf treibt mich in den

Wahnsinn. Ich werde zum Gefangenen dessen, was das Erlebte in meinem Kopf an Fluten ungewollt auslöst.

Nicht nur bin ich von diesem nicht zu stoppenden Bilder- und Gedankensturm erfasst. Zusätzlich quält mich schrecklich bewusst, dass mein so ausgeklügelter Zeitplan aus den Fugen geraten ist. Die Folgen dieses Krimis werden in nächster Zeit meine Schritte durch meinen Alltag bestimmen. Schrecklich! Mit diesem widerlichen Krimi ist bereits heute mein gesamter Nachmittag draufgegangen. Die Folgen des Krimis werden mich noch viel Zeit kosten.

Meine Liebsten sind dabei gewesen, als das Schreckliche geschah. Einem klugen Impuls folgend, hatte ich die Geistesgegenwart gehabt, sie sogleich nachhause zu schicken. Bevor der Trubel mit Arzt, Rettung, Polizei, Bestatter und allem Trari Trara einsetzte. Beim Öffnen meiner Wohnungstüre schwant mir Schreckliches. Ich kann / darf / soll Leslie und Lilly nicht einfach abwimmeln in dieser Situation. Ich muss mich ihnen stellen. Zusätzlich zum Brodeln in meinem Innern. Null Chance, jetzt und hier in Ruhe mit mir selbst mich sammeln, auffangen und erholen zu können.

Als ob das schreckliche Familiendrama von heute Nachmittag nicht genug ist, quält mich zusätzlich ein schlechtes Gewissen. Dass ich meinen längst fälligen, immer wieder aufgeschobenen, ausgerechnet für heute Nachmittag geplanten Besuch bei Franz wegen der ausufernden Ereignisse und deren Folgen nicht hatte hinter mich bringen können. Objektiv ist egal, ob ich Franz heute, morgen oder übermorgen besuchen werde. Doch mein Gewissen ist nicht zu zähmen. Setzt meiner ausser Rand und Band geratenen inneren Verfassung noch einen oben drauf.

Vor ein paar Wochen war ich unerwartet und zufällig an einer Vernissage in der Kulturschiene wieder einmal Franz begegnet. Franz kenne ich seit Jahren. Unsere Kreise berühren sich dann und wann irgendwo zufällig. Er ist Kulturschaffender. Seine Literaturprojekte sind super und ich bewundere ihn für seine Kreativität und seine Energie. Die er in höchst anregende und mich immer ansprechende Projekte steckt. Die wiederum in der Öffentlichkeit gute Resonanz erzeugen. Entsprechend freue mich jedes Mal, wenn ich ihn sehe und mich mit ihm austauschen kann. In der Kulturschiene berichtet er mir, dass er meinem Beispiel folgend angefangen habe, einen Krimi zu schreiben. Ich hatte ihm gegenüber bei einer früheren Begegnung nebenher fallen gelassen, dass ich in meiner Freizeit einen Krimi zu schreiben gedenke. Er hatte damals grinsend hingeworfen, als Jurist könnte ich für diese Gattung Literatur bestimmt aus dem Vollen schöpfen. Bei unserer zufälligen Begegnung in der Kulturschiene fragt er mich, ob ich meinen Kriminalroman bereits beendet hätte. Was ich verneine. Er bittet mich sogleich, möglichst bald einmal spontan bei ihm vorbei zu kommen, damit wir uns bei einem Whisky übers Krimischreiben unterhalten könnten. Wo wir beide analoge Projekte hätten. Er überreicht mir sogar seine Visitenkarte. Um seinem Vorschlag Nachdruck zu verleihen.

Diese nebensächliche Krimi-Geschichte und unsere Besessenheit mit Krimis fährt mir als Ironie des Schicksals ein. Wo ich in einen tatsächlichen Krimi in Echtzeit mithineingezogen bin.

Einerlei, Franz wollte und will ich unbedingt nicht hängen lassen. Sein Interesse an meinem Schreiben schmeichelt mir. Ich nehme mir vor, ihn möglichst bald in seinem Büro aufzusuchen. Obwohl mir bewusst ist, dass ich als Schriftsteller ein Dilettant bin und ihm wenig bis nichts sagen kann, was das Schreiben eines Krimi anbelangt. In den letzten Tagen hatte ich mir mehrmals vorgenommen, jetzt endlich Franz zu besuchen. Wie es so ist, immer wieder kommt etwas dazwischen. Dann hatte sich vor wenigen Tagen gezeigt, dass ich heute, an diesem Donnerstagnachmittag – heute eben – locker Zeit haben würde, um Franz den längst fälligen Besuch abzustatten. Ich rief ihn an. Wir verabredeten uns auf zwei Uhr. Ich hatte mich echt auf den Whisky mit Franz gefreut.

Dann rief gestern Abend Mamatschi mich an und wirft mit einem ihrer notorischen Befehle, die sie, wie es ihre Art ist, in scheinbar schüchterne, süsslich vorgetragene Anfragen hüllt, meinen ach so schönen Plan über den Haufen. Der gestrige Anruf von Mamatschi hat eine bezeichnende, ihrerseits bereits ätzende Vorgeschichte.

Mittwoch vor einer Woche, also letzte Woche hatte Mamatschi, wie immer im letzten Moment, uns, Leslie, Lilly und mich, auf Ostersonntag, also letzten Sonntag, zu sich und Papa an die Vogelsangstrasse befehlen wollen. Ich mache sie darauf aufmerksam, dass ich sie und Papi vor einiger Zeit bereits von unsere Reise über Ostern, inklusive Karfreitag und Ostermontag, in die Berge informiert hätte. Demnach seien wir, wie sie hätte wissen sollen, am Ostersonntag nicht verfügbar. Mamatschi lässt mich kaum ausreden. Wirft in schnippischem Tonfall hin, falls wir uns über die Osterfeiertage tatsächlich in die Berge verkröchen, sei das ein

Affront ihr und dem armen Papi gegenüber. Ob wir denn überhaupt nicht wüssten, was sich gehöre. Und keinen Respekt hätten vor wertvollen Familientraditionen! Alexa, die Tochter meiner Stiefschwester Male und damit meine Nichte und die Cousine von Lilly, freue sich so sehr, Lilly endlich wieder einmal zu sehen und sei untröstlich, wenn sie Lilly am Ostersonntag nicht sehe. Zudem habe sie, Mamatschi, für ihre Lieblingsenkelin Lilly ein riesiges Ostergeschenk vorbereitet. Wenn Leslie und ich verhinderten, dass Lilly ihr Geschenk abholen komme, werde sie es eben anderweitig verschenken. Dieser letzte Satz hat ebenfalls eine Vorgeschichte, die mitschwingt und die man kennen muss, um zu verstehen, welches meine Entscheidungskriterien sind.

Mamatschi meint es nicht böse. Im Gegenteil. Man muss sie verstehen. Mir war in den letzten bald vierzig Jahren ausreichend Zeit beschert, Mamatschis Eigenheiten zu erkennen und mich wohl oder übel daran zu gewöhnen. Um das Folgende zu verstehen, muss man wissen, dass Mamatschi, obwohl wohlhabend, an Verarmungsängsten leidet. Ihr diese Ängste auszureden, ist hoffnungslos. Sie weiss alles besser. Versuche ich dennoch, mich wider besseres Wissen in Mamatschis finanzielle Angelegenheiten einzumischen, putzt sie mich ab. „Was willst ausgerechnet du junger Schnösel über Finanzen und meine Finanzen im Konkreten wissen!" Böse Zungen, die nicht die ganze Wahrheit kennen, bezeichnen Mamatschi als geizig. Wobei man nicht umhin kommt, auf gewisse ihrer Ticks tatsächlich mit Zynismus zu reagieren. Sie inszeniert sich gerne als grosszügige Gastgeberin, die ihre Gäste so fürstlich bewirtet, dass die Bewirtung im Hause Bilgeri zum Stadtgespräch in der guten Gesellschaft, in ‚unseren' Kreisen wird.

Hedy, die langjährige Haushaltshilfe meiner Eltern, die immer beigezogen wird, wenn Gesellschaften gegeben werden, erzählte mir einmal grinsend und unter dem Siegel der Verschwiegenheit, dass sie zufällig habe beobachten können, wie die Frau Professor, die nicht bemerkt habe, beobachtet zu werden, billigsten Cognac-Verschnitt aus dem Grossmarkt in eine leere Claude Thorin Napoléon Grande Champagne Cognac-Flasche abgefüllt habe. Als die Frau Professor die Claude Thorin Napoléon Grande Champagne Cognac-Flasche gefüllt gehabt habe, habe sie an der Cognac-Verschnitt-Flasche mühsam das Etikett abgeklaubt und vernichtet. Die neutralisierte Flasche dann zu den leeren Flaschen gestellt. Als Hedy sich nach diesem Tun, bemerkbar gemacht habe, hätte die Frau Professor sie, Hedy, auf die Claude Thorin Napoléon Grande Champagne Cognac-Flasche aufmerksam gemacht. Ihr aufgetragen, zum Mokka den Cognac nicht zu vergessen und, wo erwünscht, grosszügig einzugiessen. Dann habe die Frau Professor mit aufgesetzter Trauermiene geseufzt, „Ach, meine lieben Gäste bringen uns noch zu armen Tagen! Doch in ‚unseren' Kreisen ist man seinen Gästen etwas schuldig und muss unbedingt Stil zeigen." Irritierendes, das in totalem Gegensatz zu einer anderen Seite von Mamatschi steht.

Mamatschi ist total vernarrt in unsere kleine Lilly. Sie ist felsenfest davon überzeugt, dass ich als Taugenichts und Leslie als Ausländerin nicht angemessen für ihr geliebtes Enkelkindchen Lilly sorgen können. Daher schenkt sie Lilly, ihren Verarmungsängste zum Trotz, zu allen Fest-, Feier- und Geburtstagen beachtliche Geldsummen, in bar. In grossen Geldscheinen. Die man im täglichen Geldverkehr kaum je zu Gesicht bekommt. Überhaupt nicht mitbekommt, dass es solche gibt. Mamatschi bewahrt immer einen Stapel solcher

Geldscheine in einem Versteck zuhause auf. „Für alle Fälle, man weiss ja nie", wie sie mit einer Selbstverständlichkeit fallen lässt, gleichsam nebenher. Falls man zufällig einmal ungewollt Zeuge wird, wie sie, die sich unbeobachtet glaubt, an ihrem Geldschein-Schatz herumblättert. Ich lobe Mamatschi jedes Mal für ihre Grosszügigkeit, wenn sie Lilly einen oder gleich mehrere solcher grosser Geldscheine stolz in die kleinen Händchen drückt. Klein-Lilly starrt diese Geldscheine in ihren Händen jeweils verständnislos an. Sie weiss, mit diesem Zeugs kann sie nicht einmal Schleckereien am Kiosk kaufen. Weil Mamatschi ihr das Zeugs in ihre Händchen gedrückt hat, weiss sie, dass sie sich höflich zu bedanken hat. Sie gibt sich als liebes Kind. Protestiert auch nicht, wenn ich ihr den Geldschein oder die Geldscheine wegnehme, mit der Bemerkung, dass ich gut darauf Acht gebe und das Geld auf ihr Sparkonto einbezahlen werde. Erst zuhause zetert Klein-Lilly los. Mamatschi sei so ungerecht. Alexa bekomme so leckere Süssigkeiten von der Confiserie Gümpli geschenkt. Während sie dieses dumme Zeugs erhalte, mit dem sie nicht einmal Kaugummi im Kiosk kaufen könne. Sie zetert, bis ich meinen Geldbeutel ziehe und ihr ein paar Geldstücke gebe. Worauf sie zufrieden abzottelt.

Ich lasse im Gespräch mit Mamatschi immer wieder wie nebenher einfliessen, dass es unvorsichtig sei, solche Geldsummen zuhause zu horten und im normalen Geldverkehr zu benutzen. Sicherheitshalber sollten solche Summen überwiesen werden. Lilly habe ein eigenes Konto auf der Bank. „Papperlapapp", kanzelt Mamatschi mich jeweils ab, „Wie willst ausgerechnet du wissen, was richtig ist! Ich mache es so, wie ich es immer gemacht habe. Und damit basta!"

Mamatschi ist geldbesessen. Regelt die Finanzen von sich und Papi, Gibt Papi regelmässig ein äusserst knappes Taschengeld. Wenn sie stolz verkündet, wie bedürfnislos Papi lebe und mit diesem kleinen Taschengeld auskomme, nickt Papi brav. Gestand mir dann aber einmal, er kenne das geheime Geldversteck von Mamatschi. Dort könne er sich ohne ihr Wissen bedienen. Ohne schlechtes Gewissen. Insbesondere seit ihm aufgefallen sei, dass sie nicht die geringste Kontrolle über ihre Moneten in ihrem Versteck habe. Kontrolle hätte Mamatschi bloss über das Wertschriftenportfeuille und die aktuellen Aktienkurse.

Kurzum, bezüglich des von Mamatschi angekündigten Ostergeschenks für Lilly gilt es ernst. Halten wir uns nicht an die von Mamatschi diktierten Spielregeln, wird sie zweifellos so verschnupft sein, dass sie ihre Drohung wahr macht. Lillys Vorzugsbehandlung aufgibt. Und künftig, wenn der Anstand es erfordert, die Enkelchen mit Geschenken zu beglücken, für Lilly genauso wie für Alexa anstatt einem hübschen Sparbatzen bloss Süssigkeiten aus der Confiserie Gümpli springen zu lassen. Wobei selbst bei diesen Süssigkeiten nie sicher ist, ob nicht bloss die Verpackung von Gümpli stammt. Ich will unbedingt nicht, dass Lilly auf die – finanzielle – Verwöhnung durch Mamatschi verzichten muss. Mein Clinch: Osterurlaub mit meinen Lieben in den Bergen, auf den wir alle uns riesig freuen, oder Unterwerfung unter das Diktat von Mamatschi. Das ist hier die Frage. Ob's edler im Gemüt, gute Miene zum bösen Spiel zu machen oder …

Da kommt mir in der Schnelle am Telefon mit Mamatschi die zündende Idee. Ich verspreche Mamatschi, sie gleich nach unserer Rückkehr aus den Ferien anzurufen und den Termin für einen Besuch an der Vogelsangstrasse bei ihr und Papi zu vereinbaren. Solange die Kinderchen noch Ferien haben und unter der Woche zuhause sind. Zu meinem grössten Erstaunen ist Mamatschi mit meinem Vorschlag einverstanden. Dieses Einverständnis koste sie schon sehr, sehr grosse Überwindung. Wir müssten es ihr hoch anrechnen, fügt sie in bitterem Tonfall an. Vor unserer Abreise einen Termin zu vereinbaren sei mir nicht möglich, da Leslie im Moment nicht zuhause sei und ich nicht wüsste, ob und wann Lilly in ihren Ferien Verabredungen habe. Ich verspreche Mamatschi, sie gleich nach unserer Rückkehr anzurufen. Wohl oder übel stimme sie, wie sie betont, diesem Plan schweren Herzens zu.

Vorgestern Abend sind wir aus den Bergen zurückgekehrt. Gestern um halb zwei am Nachmittag klingelt das Telefon. Mamatschi ist am Apparat. Mit eisigem Tonfall. Ich ahne, dass heute nicht gut Kirschen essen mit ihr ist. Ich mich ihren Vorstellungen widerstandslos zu fügen habe, falls ich nicht einen Streit provozieren und Mamatschis Geldgeschenk an Lilly gefährden will.

„So, so, dann seid ihr also wieder zurück aus den Bergen. Und mich alte Frau vergesst ihr. Alexa sehnt sich so sehr nach Lilly. Wenn ihr morgen um halb Drei nicht antanzt, ist es endgültig aus zwischen uns. Und seid ja pünktlich. Um Drei erwartet Susi mich zum Tee. Ich habe von euren leeren Versprechungen die Nase voll. Wenn ihr morgen nicht vorbeikommt, könnt ihr mein Ostergeschenk an mein armes Lilly-Kindchen in den Kamin schreiben!"

Es bereitet mir einige Mühe, Leslie zu überreden, dass wir Mamatschi unbedingt zu Dritt besuchen müssen. Lilly ist begeistert, unverhofft ihre so beeindruckend ältere Cousine Alexa zu treffen. Bloss mit dem Zeitpunkt meines geplanten

Besuches bei Franz ist es Essig. Ich muss Franz anrufen. Ihm mitteilen, dass etwas dazwischen gekommen ist. Ob ihm anstatt, wie zuvor vereinbart, zwei auch vier Uhr passe? Franz ist unkompliziert. Er lacht, Mütter seien eben Mütter!

2.

Der heutige Besuch bei Mamatschi steht von allem Anfang an unter keinem guten Stern. Doch dass der Besuch uns mitten in einen Krimi, eine strafrechtlich relevante Handlung hineinkatapultieren würde, hätte ich mir in meinen wildesten Träumen nicht ausgemalt. Trotz des Trubels schaffe ich es, Franz etwas nach Vier kurz anzurufen. Ich bin so aufgeregt, durcheinander und verwirrt, dass ich Unzusammen-hängendes zusammenstottere. Ich nehme an, dass Franz verstanden hat, dass etwas dazwischengekommen ist. Ich muss wie ein Verrückter geklungen haben. Es wurmt mich so sehr, dass ich ausgerechnet bei Franz einen solchen Idioten aus mir gemacht habe.

Das mich überrumpelnde Erlebte hat mich geschafft. Ich brauche Ruhe! Quatsch! Obacht, ich muss mich davor hüten, mich in eine super-pathetische Drama-Rolle hinein-zuzwirbeln. Meine zwar vorhandene, gleichzeitig aber auch eingebildete Aufgeregtheit und mein unbewusstes, mir erst jetzt bewusst werdende, lächerliche Hecheln nach Luft sind ein erbärmliches Theater. Innerlich grinse ich. Fühle nichts. Denke, tja, tja ,tja, was das Leben einem unverhofft an überraschender Realsatire zu bescheren in der Lage ist! Dennoch, die Rolle des von den Ereignissen Überforderten ist meiner aktuellen Situation in diesem Drama durchaus angemessen. Ich kriege diese Rolle des von unerwarteten

Ereignissen Überrumpelten vermutlich glaubwürdig hin. Die Wohnungstüre fällt nach diesem im Bruchteil einer Sekunde vorüberflimmernden Bilder-, Erinnerungs- und Gedanken-Sturm hinter mir ins Schloss.

Bevor ich, „Hallo, ihr Lieben", in den Korridor hinein rufe, rennt Lilly aus ihren Kinderzimmer auf mich zu. Ich höre Leslie aus der Stube rufen, „Darling, ich bin in der Stube." Lilly hüpft wie immer an mir hoch, ruft, „Papa, Papa, Papa", und zerrt an meinen Hosenbeinen, bis ich in die Knie gehe, sie fest umarme und sie auf ihre Stirne, ihre beiden Wangen und ihr Näschen küsse. Dann entwindet sie sich meiner Umarmung, strahlt mich an und rennt zurück in ihr Kinderzimmer.

Ich schmeisse meine Jacke auf den Stuhl im Korridor. Gehe vorbei am Kinderzimmer. Lilly ist bereits wieder vertieft in das Spiel mit ihren Puppen und dem Spielzeug-Trax. Ich betrete die Stube. Leslie sitzt auf dem Sofa. Unterbricht das Studium von irgendwelchen Papieren. Schaut mich schweigend mit grossen Augen an.

Zum Glück verkneift sie sich beliebige Sprüche. Sie weiss, wie schlecht ich Sentimentalitäten ertrage. Ich beuge mich zu ihr nieder. Wir umarmen uns. Küssen uns innig. Wir wechseln keine Worte. Ich schmeisse mich flach aufs Sofa neben Leslie, mit einem gezielt platzierten Seufzer, um Leslie, die auf dem Sofa sitzt und ihre geschäftlichen Unterlagen weiterstudieren soll, zu signalisieren, dass ich Ruhe brauche, nichts als Ruhe. Ich lege meinen Kopf in ihren Schoss. Sie streichelt mich mit einer Hand und, das nehme ich an, liest weiter in ihren geschäftlichen Unterlagen, die sie in ihrer Rechten hält.

Ich bin selig. Geniesse den Moment. Bin so glücklich, dass wir uns ohne Worte verstehen. Eine Idylle, für die ich gerade in meiner nicht ganz so idyllischen Situation überaus dankbar bin. Es tut gut. Ich kann durchatmen. Meine Lieben funktionieren goldrichtig.

Der Alltag geht trotz des ausserordentlichen und irritierenden Geschehens an diesem Nachmittag weiter. Trauer empfinde ich keine. Mir ist nicht im Geringsten ums Heulen. Jetzt endlich, wo ich versuche, das Brodeln in meinem Kopf zu dämpfen und mich zu entspannen, kommt mir wegen etwas Nebensächlichem im ganzen Geschehen spontan die Galle hoch. Ärger erfasst mein ganzen Denken und Sein. Weshalb bloss hatte Male, meine so überhebliche ältere Schwester, korrekt Stiefschwester, der ich den Spitznamen Oberschwester Sauerampfer vor Jahren bereits zu Recht verpasst hatte, mir diese total blöden Worte auf ihre so verdammt schnippische Art an den Kopf geworfen? Wo ich die Suppe, die andere uns eingebrockt hatten, bis dahin alleine ausgelöffelt hatte! Und nichts weiter als nachhause hatte gehen wollen.

„Typisch der Kleine! Du Hosenscheisser! Sobald es brenzlig wird, macht er sich aus dem Staub", hatte sie mir nachgerufen.

Dann macht meine liebe Oberschwester Sauerampfer rechtsumkehrt, haut ab ins Haus, wo sie verschwindet, und lässt mich alleine im Regen stehen. Der Regen ist metaphorisch zu verstehen. Tatsächlich scheint die Sonne und ich stehe wie ein begossener Pudel im Schatten, den das Haus wirft, hinter dem Haus, auf dem Kiesweg hinter dem Haus, neben dem Hochbeet. Ich, ich ganz alleine war es gewesen, der sich um den ganzen Scheiss hatte kümmern dürfen. Während Oberschwester Sauerampfer, obschon sie haargenau mitbekommen hatte, was abgelaufen war, sich mucksmäuschenstill im Haus verschanzt und so tut, als gäbe es sie nicht.

Jetzt, viel zu spät, nachdem der mich verletzende und beschämende Moment mit dem empörend frechen und beleidigenden Spruch meiner Schwester längst vorüber ist, fällt mir spontan ein, wie ich Male hätte zurückgeben sollen. Ich hätte ihr, die sich abrupt von mir abgewendet, mir den Rücken zuwendet und hocherhobenen Hauptes drauf und dran ist davonstolzierend im Haus zu verschwinden, mit netter, dosiert weinerlicher und sanfter Stimme, doch mit genügend Atem, um auch ja gehört zu werden, nachrufen sollen, „Male, o liebe Male, hilf mir, sag mir, was ich tun soll. Du bist so gescheit und weisst immer den besten Rat!"

Nach dem, was geschehen ist und uns beide gleichermassen betrifft, sind Vernunft und ruhig Blut gefragt. Doch diese blöde, dumme Kuh beschimpft mich! Anstatt dass sie erkennt, dass jetzt zum ersten Mal in unserem Leben der Moment gekommen ist, wo wir zusammenhalten müssen.

Sie weiss genau, dass ich sie dabei ertappt hatte, wie sie Wachtmeister eine saftige Lüge auftischt! Dass ich sie hätte verraten können. Doch nein, das dumme Luder, anstatt für mein Schweigen dankbar zu sein, spuckt sie mich an. Sie hat nicht alle Tassen im Schrank. Sie ist schlicht zu dumm, um Nägel mit Köpfen zu machen.

Schrecklich, dass ich von meiner Schwester so denken muss. Stiefschwester, um korrekt zu sein. Quatsch. Wir sind zusammen aufgewachsen. Sie ist immer meine Schwester gewesen. Und ich muss der Wahrheit ins Gesicht schauen. Ich habe eine saudumme Schwester! Ist sie schon immer gewesen. Lackiert mit dem betörenden Glanz der Dummheit. Das Püppchen von Papi. Verwöhnt und verzogen. Der Augapfel von Mamatschi. Die total verknallt ist in ihr junges alter Ego. Und ich armer Typ habe das Nachsehen. Muss mich mit einem so dummen Wesen herumschlagen. Sie hat die gleich herrische Art wie Mamatschi. Wäre ich nicht immer friedfertig gewesen und hätte die klare Bevorzugung meiner Oberschwester Sauerampfer mit Gleichmut geschluckt, hätte ich aufbegehrt, wären Mamatschi und Papi ganz schön in die Bredouille gekommen. Empörend, wie blind Eltern sein und ein Kind total verziehen und ungestraft zu einem lebensuntauglichen Erwachsenen erziehen oder verderben dürfen. Innerlich zittere und bebe ich.

3.

Habe ich meine Schwester im Ernst eine dumme Kuh genannt?

Wo sie mir, als ich noch armer Student gewesen war und ständig in Geldnöten gesteckt hatte, einen Traum erfüllt und mir ein sündhaft teures Dunhill Feuerzeug aus 925 Sterling Silber schenkt. Sie hatte mich durchschaut. Gewusst, dass ich trotz meines linken Getues und meines Schimpfens auf die Bürgerlichkeit nicht abgeneigt war, meine Gauloises ohne Filter unter dem Staunen meiner Kumpels und der Freundinnen lässig mit diesem Luxusding anzustecken. Male hatte meinen Hang zu gewissen Luxusdingen erkannt. Und sie weiss, dass gewisse Widersprüche im Leben mich total amüsieren.

Soll ich die Seite mit dem Geschimpfe über Male aus meinem Tagebuch reissen? Falls mein Tagebuch je jemandem in die Hände fallen und dieser jemand es lesen sollte, peinlich, peinlich! Die eigene Schwester so schlecht zu machen und total respektlos zu beschreiben. Nicht bloss in Gedanken, doch ausformuliert in weich fliessender Handschrift mit dem Namiki-Füller und mit der türkisen Tinte, bezeichnet als Südseeblau, zu Papier gebracht und jederzeit lesbar. Falls meine zwar schön geschwungene, doch vertrackte Handschrift noch zu entziffern.

Mein Tagebuch, das ich seit nunmehr dreizehn Jahren schreibe, dient dem Festhalten, scharf Beobachten, Analysieren und Überwinden von Irritationen und Hader im Alltag. Mit denen ich anders nicht zu Rande komme. Würde je jemand mein Tagebuch in die Hände kriegen, was unwahrscheinlich ist, müsste ich mich zu Tode schämen für meine zum Teil zu intimen oder auch zu boshaften Bekenntnisse und zu einem anderen Teil Belanglosigkeiten, über deren schriftlichem Festhalten jeder vernünftige Mensch bloss seinen Kopf schütteln muss und kann, meine Nabelschau, meine Unanständigkeit – kurz meine schamlose Offenheit. Mein Schreiben. Mal wie ein Schrei. Dann wieder episch. Die Dynamik die Zufälle und Gegebenheiten zu Tage fördernd, mit denen der Alltag Tag für Tag aufwartet. Oft auch besteht mein Schreiben bloss aus schönen Formulierungen um der schönen Formulierungen willen. In meinem Tagebuch stehe ich nackt da. Kokettiere mit meiner Nacktheit. Solange niemand anders mich so sieht. Mich schaudert vor der Vorstellung, dass jemand mich in meiner Nacktheit und bei meinem intimen Umgang mit der eigenen Nacktheit beobachten und entdecken könnte. Ich versuche unbeholfen, meine Blössen mit meinen Händen zu bedecken. Schreie nach einem Feigenblatt. Das meine Würde zumindest ein bisschen retten soll.

Zum Glück kommt niemand an mein Tagebuch ran. Nicht einmal ich lese, was ich tagtäglich schreibe. Habe ich die Knoten in meinem Leben erst einmal genau angeschaut und daran herumgedrückt, bis sie sich öffnen lassen – im übertragenen Sinn, denn ich schreibe bloss – ist der Knoten kein Hindernis mehr. Interessiert mich weiter nicht mehr.

Halt! Hatte nicht die Putzfrau neulich mit der Bemerkung überrascht, sie hätte nicht gewusst, dass wir mit Frau Schöner und Herrn Killmer verkehrten. Ich frage sie erstaunt, wie sie darauf komme. Ob sie die Schöner-Killmers ebenfalls kenne. Und sie uns erwähnt hätten. Die Putzfrau verneint lachend. Es sei viel einfacher. Sie putze auch bei Frau Schöner und Herrn Killmer. Als ihr beim Abstauben in meinem Büro ein aufgeschlagenes Buch im Weg gewesen sei, habe sie es weggelegt. Dabei sei ihr Blick auf die geöffnete Seite gefallen. Ohne es zu wollen, habe sie in meinem Tagebuch gelesen, dass wir mit Belinda S. und Harry K. einen Abend verbracht hätten.

Nichts ist sicher vor fremden Blicken. Als Junge hatte ich echt felsenfest geglaubt, dass mein Patenonkel, der mich immer so gut versteht und Dinge von mir weiss, über die ich nie sprechen würde, meine Gedanken in meinen Augen abliest, wenn er mir in die Augen schaut.

Schluss mit diesen Wildwuchs-Fantasien. Wozu ist die Vernunft da? Ich will mich um eine sachliche Einschätzung dessen bemühen, was mich wegen eines läppischen Spruchs meiner Schwester Male so hat aus der Fassung bringen können. Scharf das an sich nebensächliche, im Moment jedoch auflodernde Strohfeuer bedenken: Beim Betrachten aus sicherer Distanz die Angst vor den hoch und wild auflodernden, züngelnden, doch bald erlöschenden Flammen verlieren. Erkennen, wie überflüssig und lächerlich meine spontane Schreckensangst ist. Die mich hemmungslos lautstark schimpfen und beschimpfen macht. Das Strohfeuer erlischt von selber. Hinterlässt einen kleinen, vernachlässigbaren Flecken Asche und leicht angebrannter Erde. Um dennoch etwas zu tun und meinen Spass zu haben, pisse ich kurz auf das erlöschende Strohfeuer. Es geht weiter. Ich gehe weiter. Wichtigeres fordert meine Aufmerksamkeit.

Jetzt aber muss ich mich mit kühlem Kopf und scharfem Geist dem nebensächlichen Vorfall sachlich zuwenden, der mich so sehr aus der Fassung hatte bringen können.

Ich hatte Stunden damit vertrödelt gehabt, mich ganz alleine mit den Folgen der Gewalttat, mit dem herbeigerufenen Arzt, Küde, meinem Freund, dann mit der vom Arzt gerufenen Rettung und der Polizei, der Spurensicherung, den Bestattern und Wachtmeister Pfund herumschlagen müssen. Bin nudelfertig. Wachtmeister Pfund eröffnet mir, dass er meine Anwesenheit nun nicht mehr benötige und mich und meine Schwester, die er heute noch nicht zu sprechen brauche, zu einem späteren Zeitpunkt ins Präsidium einladen werde, um das Protokoll zu erstellen. Ein Besuch im Haus erübrige sich. Auch brauche er meine Schwester, die im Haus wohne, im jetzigen Zeitpunkt noch nicht zu sprechen.

In diesem Moment stürzt Male aus dem Haus. Sie kommt sichtlich aufgebracht. Sich jedoch beherrschend angedampft. Stellt sich mit herausgedrückter Brust und in die Hüften gestemmten Armen zu Wachtmeister Pfund und mir. Mit zuckersüsser Stimme, was mit ihrer Haltung kontrastiert, einer Stimme jedoch, der bei genauem Hinhören ein herrischer Unterton beigemischt ist, säuselt sie zu Pfund hin, wir hätten die Sache voll im Griff. Seine Anwesenheit sei nicht mehr notwendig. Sie bedaure, dass wir ihm so viel seiner kostbaren Zeit gestohlen hätten.

Ich bin derart überrumpelt von Males Auftritt, dass ich bloss stotternd Wachtmeister Pfund die Dame, Amalie von Falkenburg, als meine Schwester vorstellen und anfügen kann, sie hätte sich wohl im zweiten Stockwerk des Hauses in ihrer Wohnung befunden und vom Geschehen im Garten beim Hochbeet kaum etwas mitbekommen. Innerlich siede ich, dass diese furibunde Furie sich einmischt und den armen Polizisten, der bloss seinen Pflichten nachkommt, schamlos abkanzelt und frech hinauskomplimentieren will. Sie plätschert weiter mit, „wir sind eine hochanständige Familie. Ich habe mich alleine in meiner Wohnung aufgehalten und habe die ganze Zeit über intensiv an meinem Computer gearbeitet, ohne meinen Blick abzuwenden oder auffällige Geräusche wahrzunehmen. Soeben erst bin ich auf den Aufruhr im Garten aufmerksam geworden."

Zu diesen Behauptungen meiner Schwester kenne ich auf eigener Beobachtung beruhende gegenteilige Tatsachen. Die ich jedoch geflissentlich für mich behalte. Um meiner Schwester nicht in den Rücken zu fallen. Und um Wachtmeister Pfund Differenzen in unserer Familie vorzuleben.

Leslie, Lilly und ich waren ahnungslos auf dem Kiesweg hinter das Haus in Richtung Hochbeet gekommen. Ich hatte Papi bei diesem schönen Wetter im Garten vermutet. Will zuerst ihn zuerst begrüssen. Bevor wir uns Mamatschi stellen. Daher steuern wir am Hauseingang vorbei. Werden beim Hochbeet Zeugen des grässlichen Geschehens.

Aus Verzweiflung über das soeben Wahrgenommene, lasse ich meinen Blick der Fassade meines Elternhauses, neben dem ich ja stehe, nach oben schweifen. Mein Blick bleibt an einem der Fenster im zweiten Stockwerk kleben. Ich sehe, wie Males vor Schreck verzerrtes Gesicht an der Fensterscheibe klebt. Neben ihr die ebenso entsetzten Gesichter von Mapu, meiner Noch-Ehefrau und Eve, meiner älteren Tochter. Sie alle haben genau das mitbekommen, was auch ich gesehen habe. Sie musste, nehme ich jetzt an, Mapu und Eve nachhause geschickt und abgewartet haben, bis ich mich den unmittelbaren Folgen der Gewalttat herumgeschlagen und die Situation sich beruhigt hat. Erst dann stürzt sie hervor und markiert, wohl mit Berechnung, total schräge Präsenz.

Meine Reaktion nach der ersten Schockstarre besteht darin, dass ich meine Lieben, Leslie und die kleine Lilly, nachhause schicke. Dann greife ich zu meinem Handy. Rufe Küde an, meinen Freund, den Arzt mit eigener Praxis im Nachbarhaus.

Wachtmeister Pfund erzähle ich selbstverständlich, dass wir erst nach dem blutigen Geschehen am Unfallort eingetroffen sind. Die Beschwerung mit Entsetzen wahrgenommen haben. Uns beim besten Willen nicht erklären können, was hier geschehen ist. Wachtmeister Pfund hört sich meine Geschichte ruhig an und scheint sie zu glauben. Eine Notlüge meinerseits, um niemanden bloss-zustellen.

Als nun, jetzt, meine rabiate Schwester aus dem Haus stürzt, auftaucht und sich zu uns stellt, als die notwendigen Schritte bereits getan sind, reagiert Wachtmeister Pfund perfekt. Er erklärt, mit seiner Befragung am Ende zu sein. Falls Madame gestatte – er hatte Male tatsächlich mit einem Grinsen auf den Stockzähnen als Madame angesprochen –, werde er sich nun alleine noch etwas umsehen hier draussen. Wir würden von ihm hören.

Kaum hat Wachtmeister Pfund sich von uns wegbewegt, wirft Male mir vor, ich sei wie ein vollgeschissener Mehlsack dagestanden und hätte sie nicht im Geringsten unterstützt. Falls die Polizei nun einen riesigen Zirkus veranstalte, sei es alleine meine Schuld. Dann der besagte Ausspruch Males, der spontan diesen grenzenlosen Zorn in mir hervorruft, der sich bei kurzem und sachlichem Bedenken jedoch weniger als ärgerlich, als vielmehr als lächerlich erweist.

4.

Vergiss den Zorn auf Male. Dieser wütende Ausbruch verpufft, ebbt ab. Der Überdruck wird ventiliert. Die Sicht klärt sich auf. Der Blick wird schärft sich. Erlösende Erleichterung lässt in gelassener Heiterkeit aufatmen.

Wie auf der Toilette, wenn nach längerem, angestrengtem Drücken der Kegel rausgedrückt ist.

Mir wird erzählt, dass ich als kleiner Junge im eigens für mich aufgestellten Kinder-Plantschbecken nackt im Wasser herumplantsche. Während die Erwachsenen und auch Male daneben am Tisch Aperitif trinken und quatschen. Plötzlich wird ein Erwachsener auf mich aufmerksam, wie ich ruhig mitten im Becken hocke. Mit hochrotem Kopf. Offensichtlich drücke und drücke. Dann plötzlich die Erlösung. Ein Jauchzer, „draussen ist's!" Und neben mir, dem Jungen, schaukelt auf der Wasseroberfläche ein brauner Kegel. Die eingeladenen Erwachsenen sollen sich köstlich amüsiert haben über den niedlich schamlosen Jungen. Bloss Mamatschi soll entsetzt gewesen sein. Kolportiert mir Male regelmässig wieder.

Male ist nun mal Male. Immer von neuem gut für eine in der Regel vorüberziehende Aufregung.

Ich hatte Male immer schon beneidet. Nein, bewundert. Wie sie immer alles auf die Reihe kriegt. Während ich, nun ja, immer alles ohne Absicht falsch zu machen scheine. Schon nur ihr so wohlklingender Name: Amalie von Falkenburg. Da kann ich mit meinem simplen Adrian Bilgeri schlicht einpacken. Eine besondere Aufmerksamkeit bei Unbekannten kann ich mit der Nennung meines Namens nicht erhaschen. Nennt Male ihren Namen, fallen den Unbekannten in der Regel die Unterkiefer runter und ihr Verstand steht vor Ehrfurcht still. Dabei, das weiss ich heute, haben die von Falkenburgs in der untergegangenen k.u.k. Doppelmonarchie als erfolgreiche Unternehmer ihren Titel und Namen für gutes Geld erst in den 1890er Jahren gekauft. Während die Bilgeris schon im 13. Jahrhundert ein Ministerialengeschlecht aus dem Kaufmannpatriziat waren. Eine alte, berühmte Familie also. Was heute ausser der Familie und einigen Historikern kein Schwein weiss.

Meine Schwester hatte mir immer etwas voraus gehabt. Erstens ist sie vier Jahre älter als ich. Und bildet sich etwas auf diese vier Jahre ein. Zweitens hatte sie schon immer ein rechtes Gewicht, während ich immer schon ein Klappergestell war. Drittens fehlen ihr immer die Worte, während ich mich der Worte, die aus meinem Mund sprudeln, kaum erwehren kann. Ständig ausgeschimpft werde. Vor allem Mamatschi findet immer, dass ich etwas Falsches, Ungehöriges oder Freches sage. Male steht dann jeweils schweigend und auf den Stockzähnen grinsend daneben. Viertens – eine Belehrung von Papi, „wenn du schon mit einer Aufzählung beginnst, musst du mindestens vier Argumente haben" – weiss Male immer, was die Eltern von ihr wollen. Dann handelt sie danach und macht genau das, was die Eltern wollen. Ich kann mir ja auch vorstellen, was die Eltern von mir wollen. Doch ist es nicht immer das, was auch ich will. Dann mache ich, was ich will. Und schon ist der Teufel los. Ein Donnerwetter bricht über mich herein. Es ist zum Verrücktwerden!

Male versteht es aus dem Effeff, zuhause, wenn die Eltern rum sind, die Superfleissige zu markieren. Sitzt über einem Schulheft und Schulbuch gebeugt an ihrem Kindertisch. In späteren Jahren an ihrem Schreibtisch. Gibt vor, Schulaufgaben zu machen und für die Schule zu lernen. Wird dann von den Eltern über den grünen Klee gelobt. Ist und bleibt Liebkind der Eltern.

Mir ist ein Theater, wie Male es mitspielt, zu blöd. Ab der dritten Klasse scheisst die Schule mich an. Dafür werde ich gerügt. Male bringt in der Regel schlechte Noten nachhause. Dennoch wird sie gelobt. „Nicht traurig sein, Jüngferchen, du hast ja so fleissig gelernt, es wird schon werden." Bringe ich mal eine schlechte Note nachhause, geht ein schreckliches Donnerwetter los. „Du bist ein faules Luder. Glaubst, nicht lernen zu brauchen, dir falle alles in den Schoss!"

Male gibt vor, die Kleider, die Mamatschi für uns ausliest, in die sie uns steckt und die wir tragen müssen, super-schön zu finden. Mamatschi strahlt. Mamatschi putzt mich wie ein Püppchen raus. Ich schäme mich vor den andern Jungs in der Schule. Werde auch verspottet wegen dieser besonderen Kleider, die ausser mir niemand in der Schule trägt. Rutscht mir dann unversehens einmal raus, dass ich diese Kleider hässlich finde, heisst es gleich, „Du undankbarer Flegel! Wirst so sehr verwöhnt und bist nicht einmal dankbar!"

Male, die siebenmal Kluge, schimpft mich aus. Dabei nennt sie, die viel Grössere und Stattlichere mich, seit ich mich erinnern kann, Kleiner. Früher hatte ich, kaum nannte sie mich Kleiner, losgezetert.

„Kleiner, du bist und bleibst der Kleine. Ich bin die Grosse. Daran gibt es nichts zu ändern. Du bist so klein und dumm. Mamatschi steckt uns in unmögliche Kleider. Mamatschi gegenüber schwärme ich von diesen Kleidern und habe meine Ruhe. Wenn ich, wie du, immer gleich motzen und Mamatschi, wie du, an den Kopf schmeissen würde, die von ihr für uns ausgewählten Kleider schrecklich zu finden, würde auch ich ständig ausgeschimpft und angeschrien. Du hast noch viel zu lernen, Kleiner!"

Die Klugscheisserei meiner Oberschwester Sauerampfer langweilt mich schrecklich. Genauso, wie die Strafpredigten meiner Eltern mich langweilen. Eine kurze Weile höre ich mir das Zeugs an und latsche dann davon. Was zusätzliche Donnerwetter absetzt, die ich aus der Ferne wahrnehme. Ich zucke mit den Schultern. Das scheint der wahre Unterschied zwischen Mädels und Jungs zu sein, reime ich mir zusammen. Mädels werden von den Eltern gelobt. Jungs werden ausgeschimpft. Ich will nicht wertvolle Zeit mit unnötigem Hadern und Streiten verlieren. Zudem beobachte ich mit Schadenfreude, dass Male sich stundenlange Lobhudeleien der Eltern anhören und dabei immer strahlen muss. Ich lasse die Schimpftiraden nach wenigen Minuten hinter mir. Küde hatte seinen Kopf geschüttelt, sich gewundert, dass ich es wage, mir nichts dir nichts davonzulaufen, wenn die Eltern ein ernstes Wörtchen mit mir reden wollten.

„Ich mache es einfach, gehe weg", werfe ich den Tatsachen entsprechend hin.

„Habe ich ebenfalls versucht", berichtet Küde mir. „Vati ist mir wütend nachgerannt, hat mich an meinen Ohren zurückgezogen. Hat das wehgetan! Und ich habe vor Schreck beinahe in die Hose geschissen. Stört es dich, Adi, überhaupt nicht, dass deine Eltern Male dir vorziehen?"

Ich schüttle meinen Kopf. Küde schüttelt seinen Kopf. Ich hatte schon bald entdeckt, dass die grosse Aufmerksamkeit der Eltern für Male Freiheit für mich bedeutet. Die Eltern kümmern sich kaum um mich. Bekommen daher überhaupt nicht alles mit, für das sie mich, wenn sie es wüssten, bestimmt ausschimpfen würden. Dieser Mechanismus ist für mich so selbstverständlich, dass ich mit Küde nicht darüber zu reden brauche. Und ich spüre auch, dass Küde es checkt, ohne dass wir stundenlang darüber palavern müssen. In schwachen Stunden wünsche ich mir, dass ich genauso lässige Eltern hätte wie Küde. Dass Küdes Eltern meine Eltern wären. Meine Eltern unternehmen, im Gegensatz zu Küdes Eltern, nie Velotouren mit uns Kindern. Zum Glück fragen Küdes Eltern mich oft, ob ich Küde und sie auf eine Velotour begleiten möchte. Ich sage begeistert ja. Küdes Eltern weisen mich dann an, meine Eltern noch um Erlaubnis zu fragen. Ich winke ab. Meine Eltern scherten sich nicht darum, was ich tue.

Küde und ich sind froh, wenn wir alleine gelassen werden. Dann wenden uns den Dingen zu, für die wir echt brennen. Wir beide sind leidenschaftliche Bücherwürmer. Tummeln uns, wenn seine oder meine Eltern abwesend sind, mit Vorliebe in den Bibliotheken seiner oder meiner Eltern und nehmen die Bücher neugierig und höchst gespannt in Augenschein, für die wir angeblich zu jung sind, und vor allem auch die Bücher, die nichts für uns sind. Ich bin mir nicht klar, ob meine Schwester Male überhaupt weiss, was ein Buch ist. Ui, ui, ui, das ist wieder eine arg böse Formulierung.

Spontan, nicht aufzuhalten, rast im Bruchteil einer Sekunde der endlose, in meinem Innern gespeicherte, jederzeit abrufbare Film meiner Beziehung zu Male und meiner Wahrnehmung ihres Lebens als Erinnerung durch mein Bewusstsein. Meine Fantasie brennt ob der Gedanken an Male mit mir durch und lässt ihre wilden Geschichten Revue passieren. Und immer wieder fällt mir neues Altes ein …

5.

Bei den Tatsachen bleiben. Male macht immer alles richtig. Ich mache immer alles falsch. Daher ist es kein Wunder, dass ich immer ausgeschimpft werde. Zudem ist es mir recht so. Mich lassen die Eltern in Ruhe. In Males Angelegenheiten mischen sie sich immer ein. Ich möchte nicht mit ihr tauschen. Male ist der Augapfel von Mamatschi, wird schon immer darauf getrimmt, das perfekte Weibchen abzugeben, um in die gute Gesellschaft eingeschleust werden zu können. Ich scheisse drauf! Die Bürgerlichkeit ist zum Kotzen, kann mir gestohlen werden! Maule ich, gleichsam aus Versehen, mal rum und lasse den Eltern gegenüber fallen, „Bei Male lasst ihr alles durchgehen. Weshalb schimpft ihr mit mir, wenn ich das haargenau Gleiche mache", schüttelt Mamatschi verärgert ihren Kopf. Ihr angehängter Schmuck klimpert hochkarätig ob der abrupten Bewegung. Papi grinst versponnen, „mein Jüngferchen muss bloss dereinst einmal einen guten Mann finden, während du dich auf deinen Allerwertesten setzen sollst und dir eine Existenz aufbauen musst. Daher muss man dir unbedingt deine Hammelbeine gerade ziehen. Du wirst mir später einmal dankbar dafür sein, dass wir dich seit frühster Jugend Mores gelehrt haben."

Nicht abzuleugnen ist die Tatsache, dass Male mir immer vier Jahre voraus ist. Sie macht als Erste die Matura. Sie ist als

Erste an der Uni und geniesst bereits Freiheiten, auf die ich noch vier Jahre warten muss. Sie studiert Kunstgeschichte. Ein Fach, das auch mich interessieren würde. Neben Theatern und Kinos besuchen Küde und ich auch alle nur denkbaren Kunstmuseen in der Stadt und in der Umgebung. Nachdem unser Zeichenlehrer – Küde und ich besuchen das gleiche Gymnasium und besuchen die gleiche Klasse – uns in die Oel- und Acryl-Malerei eingeführt hatte, beschaffen wir uns das Notwendige und üben uns in Malerei. Sehr zum Entsetzen meiner Eltern, die mir Pinsel und Farben wegnehmen wollen. Während Male grinsend daneben steht und mich nach langem, langem Überlegen, als die Eltern bereits weitergegangen sind, mit der Bemerkung belehrt, Dilettanten seien arme Menschen. Zum wahren Künstler fehle mir die Imagination. An mir sei weder ein Courbet, noch ein Feininger verloren gegangen. „Merke dir das, Kleiner!"

Als Greenhorn beneide ich Male für ihre vermeintlich neu errungenen Freiheiten als Studentin an der Uni. Ich male mir aus, wie herrlich es sein muss, Student zu sein. Was ich mir konkret unter diesen neu zu erringenden Freiheiten vorstelle, ist mir schleierhaft. Einerseits finde ich es schrecklich, dass Male mir immer etliche Schritte voraus ist. Andrerseits kann ich so beobachten, wie eine Person ist, die mir diese Schritte voraus hat. Bereits bevor ich meine Matura in der Tasche habe und erst recht danach, gerate ich in ein unsägliches Kreuzfeuer von Mamatschi und Papi. Mamatschi will unbedingt, dass ich Medizin, Papa, dass ich Wirtschaft studiere. Keines der Beiden lässt locker. Beide feuern auf mich los. Kopfschüttelnd stelle ich fest, dass Male mit ihrem Studium der Kunstgeschichte keinem solchen Prozess ausgesetzt gewesen war. Zumindest hatte ich nichts dergleichen wahrgenommen. Ich lasse die Befehlskanonade meiner Eltern über mich ergeben. Male mischt sich nicht ein. Ich bespreche mich mit Küde, der sich an der medizinischen Fakultät einschreibt, dabei aber durchaus begreift, dass Medizin in Anbetracht meiner schlechten Matura-Noten in Chemie und Physik keine Option ist. Unser gemeinsamer Freund Stefan studiert Jura. Anlässlich eines Besuchs bei Stefan zuhause war ich dessen Grossvater begegnet, der Verfassungsrichter ist und einige gescheite Bücher geschrieben hat. Dieser Grossvater ist ein lässiger Typ, der mich echt beeindruckt. Also immatrikuliere ich mich an der Juristischen Fakultät. Papa lässt zynisch fallen, „Ein Studium, das jeder Dummkopf schafft!" An der Uni ist mein Lieblingsaufenthaltsort das Rondell, eine gemütliche Cafeteria im Hauptgebäude. Hier lerne ich unzählige Mädels und auch Jungs kennen. Das Studentenleben erweist sich als schlicht genial. Wenn Male, die ihr Studium ernst nimmt und die belegten Vorlesungen auch tatsächlich zu besuchen scheint, beim Gang von einem Hörsaal zum nächsten am Rondell vorbeikommt und mich da sitzen und schäkern oder palavern sieht, schaut sie mich zwar mit grossen Augen an, hält den Eltern gegenüber zum Glück dicht. Ich lerne Kommilitonen kennen, die von ihrer WG schwärmen und mich auffordern, da einzuziehen, ein Zimmer sei noch frei. Als ich sehe, dass eine ausserordentlich hübsche Kommilitonin ebenfalls in dieser Weg wohnt, ist der Fall für mich geritzt. Male raunt mir zu, „obwohl du ein hübsches Kerlchen bist, hast du bei Francesca null Chance. Sie steht auf Machos!" Auch in dieser Hinsicht lässt Male den Eltern gegenüber kein Wort fallen und grinst auch nicht blöd, als ich in ihrer Gegenwart den Eltern erkläre, diese WG sei für mich von Vorteil, weil ich dann mit den Kommilitonen zusammen Strafrecht und Schuldbetreibungs- und Konkursrecht büffeln könne. Inzwischen stelle ich mir auch vor, dass Male ein todlangweiliges Studentenleben führt und von den Möglichkeiten, die der Betrieb an der Uni bietet nicht zu profitieren versteht. Kaum bin ich an der Uni, löchern die Eltern mich ständig, wann ich meine Prüfungen absolviere, und wehe, falls ich bei den Examen durchrassle. Male zuliebe verkneife ich mir die Bemerkung, dass mein älteres Schwesterlein im soundsovielten Semester studiere und von ihr noch nie das Ablegen einer Prüfung gefordert worden sei. Meine Distanz zu den Eltern und Male nimmt stetig zu. Mir ist es recht so. Und meine kleine Welt ist in Ordnung.

6.

Meine kleine Welt ist in Ordnung. Demensprechend bin ich total überrascht, als Mamatschi mich eines schönen Tages aufschreckt und nachhause an die Vogelsangstrasse befiehlt. Ich trabe in Habachtstellung bei ihr vor. Sie erklärt, „Bitte mache mir jetzt keine Szene. Brauchst deine Jacke nicht auszuziehen. Wir gehen gleich zu Samt-Heber und lassen dir einen Smoking anpassen. Als Trauzeuge und Brautführer musst du an Males Hochzeit anständig und wie es sich gehört aussehen! Wir wollen uns deiner nicht schämen. Keine Widerrede. Du wirst Trauzeuge, Brautführer und Tafelmajor sein."

Ich bin überrumpelt. Ein Anzug vom nobelsten Herrenausstatter der Stadt geht mir gegen den Strich. Dass Male einen Freund hat und heiratet, ist mir neu. Dass ich als Trauzeuge, Brautführer und Tafelmajor agieren soll, erstaunt mich und ist mit total zuwider. Weil ich überrumpelt bin, schlucke ich meinen Ärger runter und füge mich in mein von Mamatschi bestimmtes Schicksal.

Male hat ausgesorgt. Ihr Mann, Hampi Vollmer ist im obersten Kader eine Grossbank, Besitzer einer riesigen Villa mit Seeanstoss und eigenem Anlegeplatz in einer steuergünstigen, ausserkantonalen Gemeinde und schenkt Male zur Hochzeit einen grünen Alfa Romeo Giulia GTA.

Gesellschaftlich gehöre Hampi, wie Mamatschi stolz herumposaunt, zu ‚unseren' oder gar ‚besseren als unseren' Kreisen. Hampi ist der Strahlemann, mit dem Mamatschi vor ihren Freundinnen auftrumpft und um den als Schwiegersohn sie von ihren Freundinnen beneidet wird. Und mir kann Mamatschi immer unter die Nase reiben, ich solle mir ein Beispiel an Hampi nehmen. Hampi und ich sprechen nicht die gleiche Sprache. Was an sich egal ist, weil wir uns nichts zu sagen haben. Daher fällt es auch total leicht, nach Bedarf zu betonen, wie gut wir uns gegenseitig mögen. Hampi ist für mich ein Exot. Und ich bin es für ihn, nehme ich an.

Male hält in ihrer eleganten Villa Hof und führt ein grosses Haus.

Niemand erwartet von Male, dass sie ihr Studium der Kunstgeschichte weiterführt, geschweige denn promoviert. Mein Verhältnis zu Male intensiviert sich. Ich darf mir ihren Alfa Romeo ausleihen, wann immer ich Mädels, die sich immer noch von Luxusboliden beeindrucken lassen, beeindrucken möchte. Zudem steckt Male mir aus dem Getränkekeller ihres Gatten immer mal wieder eine gute Flasche Wein oder Whisky zu. Und sie schenkt mir das silberne Dunhill Feuerzeug. Als Gegenleistung muss ich jeweils die etwas langen Klagen von Male über den Druck, endlich einen Sohn zu gebären, über mich ergehen lassen. Sobald Male merkt, wie ich gedanklich abschweife, zieht sie das persönliche Register hervor und warnt mich, wie die Eltern sich um mich sorgten, ob ich allenfalls ein ewiger Student oder zu dumm für einen Studienabschluss, schwul, ein Linker, gar ein Kommunist oder drogenabhängig sei. Oder ob ich bloss vorgebe zu studieren, um weiter an ihrem

Tropf zu hängen, und in Wahrheit heimlich dem Traum, Künstler zu sein nachhänge. Darüber kann ich bloss lachen. Male meint giftig, „Es ist nicht zum Lachen. Wir meinen es ernst!"

Endlich, vier Jahre nach der Hochzeit, kommt Alexa zur Welt. Idylle und Glück sind perfekt. Alexa wird verhätschelt und von Kindermädchen betreut. Mamatschi bestimmt, dass ich Pate der kleinen Alexa bin. So bin ich gezwungen, wieder einmal an einem schönen Sonntagmorgen, als ich Besseres zu tun gehabt hätte, in einem mir von Mamatschi aufgezwungenen Tenue einen Gottesdienst in der Kirche zu besuchen und beim obligaten Familienfoto idyllisch cheese-smiling zu mimen. Heimlich raunt Male mir zu, Hampi sei einigermassen sauer. Er hätte seinen obersten Chef lieber als Pate von Alexa gesehen. Das ganze Geschwätz interessiert mich einen feuchten Dreck.

Als Alexa Sechs ist, wird bekannt, dass Hampi hinter dem Rücken seiner Vorgesetzten krumme Geschäfte gemacht, sein gesamtes Vermögen verloren habe und vor einem immensen Schuldenberg stehe. Mamatschi weist Male an, sich gefälligst scheiden zu lassen, um die Familienehre zu retten. Kaum ist die Scheidung durch und steht Male ohne die geringsten Vermögenswerte oder Barmittel da, bringt Hampi sich um. Nach seinem Tod stellt sich heraus, dass er seine sämtlichen Schulden beglichen und noch ein beträchtliches Vermögen hinterlässt, das Alexa als Alleinerbin zufällt. Male wächst die Geschichte über den Kopf. Sie verschwindet.

Wie sich nach einiger Zeit herausstellt, ist sie kopflos nach Thailand abgehauen. Alexa steht als Halbweise ohne gesetzliche Vertretung da. Die Kindes- und

Erwachsenenschutzbehörde ernennt Mamatschi zum Beistand der kleinen Alexa, die nach dem Verschwinden von Male, ihrer Mutter, bei meinen Eltern an der Vogelsangstrasse wohnt. Als auch Male wieder auftaucht, bezieht sie in unserem Elternhaus die Wohnung im zweiten Stockwerk, aus der ich gerade ausgezogen bin. Alexa weigert sich, ihr Zimmer in der Wohnung von Mamatschi und Papi zu verlassen und bleibt dort wohnen. Male, nehme ich an, liegt Mamatschi und Papi auf dem Geldbeutel. Nach und nach wird sie, wie sie sagt, ehrenamtliche Mitarbeiterin in einer der angesagtesten und exklusivsten Bildergalerien der Stadt. Engagiert sich als Freiwillige beim Flüchtlingstheater Malaika und mausert sich mit ihrem wohlklingenden Namen zur Trendsetterin und Königin der hiesigen High Society und Prominenz durch. Sie ist, was mir eher peinlich ist, in allen Klatschspalten und im Gesellschaftsklatsch an oberster Stelle.

Seither hat sich unser Verhältnis wesentlich entspannt. Wir können zusammen über unsere Eltern und unsere von Mamatschi inszenierten und gescheiterten Ehen lachen. Umso erstaunlicher ihr heutiger Hassausbruch gegen mich.

Das also ist Males Geschichte. Sie rast in meiner Erinnerung im Bruchteil einer Sekunde durch. Diese Geschichte ist Satire pur. Hätte ich sie nicht selber als Unbeteiligter aus sicherer Distanz beobachten können, ich würde sie nicht glauben. Ich kann bloss lachen über die Realsatire, die meine Familie mir bietet. Das wilde Gelächter bringt Entspannung, beruhigt mich.

Hat, halt, sich über seltsame Lebenswege lustig machen und darüber spotten, ist billig. Schliesslich hat Male sich, wenn ich ehrlich bin und als scharf Beobachtender bei den

Tatsachen bleibe, ihre Geschichte nicht selber und alleine eingebrockt.

7.

Wo Male ist, ist Mamatschi nicht fern. Male ist und bleibt die gehorsame Tochter, in der Mamatschi sich das erfüllen kann, was sie glaubt, selber verpasst zu haben.

Was ich von Mamatschis Leben weiss und mir zusammenreimen kann, flimmert spontan als Bilder-, Erinnerung-, Gedanken- und Imaginationsfilm durch, wie zuvor der Film betreffend Male. Man hat ihn im Kopf und plötzlich springt er hervor.

Mamatschi ist als eine Küderli aus dem Arbeiterquartier geboren. Ihr Vater ein einfacher Arbeiter. Ihre Mutter putzte bei reichen Herrschaften. Mamatschi ist von einem nicht zu bremsenden Ehrgeiz getrieben. Sie will ihren Eltern zeigen, was wahres Leben ist und ihnen beweisen, dass sie es schafft. Dabei ist sie höchst erfolgreich. Ihr Kapital ist, dass sie weder blond, noch blauäugig oder eine Schönheit ist. Sie ist eine rothaarige Grünäugige. Als solche bringt sie das gewisse Etwas mit, das auf starke, selbstbewusste, erfolgreiche Männer wirkt, die sich einer so speziellen Frau gewachsen fühlen.

Mamatschi will unbedingt aus dem Arbeiterquartier, aus dem Mief des ärmlichen Lebens mit Kohlgeruch in miefigen Treppenhäusern rauskommen und setzt alles daran, die richtigen Schritte zu machen. Sehr zum Entsetzen ihrer Familie, die nicht begreift, dass ein an sich vernünftiger Mensch, der einer Lohnarbeit nachgehen könnte, weiter zur Schule gehen will. Sich diesen Gedanken unbedingt nicht ausreden lassen will. Sie besucht aus eigener Initiative eine Handelsschule. Schafft einen brillanten Abschluss. Arbeitet sich hoch bis zur Sekretärin eines landesweit renommiertesten und weltweit in Politik- und Wirtschaftskreisen bestens vernetzten Anwalts in einer der renommiertesten Anwaltskanzleien des Landes.

Seit ich mich erinnern kann, komme ich aus dem Staunen nicht raus, mit welchen und wie vielen einflussreichen und berühmten Männern und Familien Mamatschi auf Du und Du ist. Offensichtlich hat sie nichts anbrennen lassen und ihre Chancen genutzt.

Irgendwann angelt sie sich einen gewissen Hartmut von Falkenburg. Heiratet ihn. Dieser Ehe entspringt die Tochter Amalie von Falkenburg, genannt Male. Hartmut von Falkenburg ist vor meiner Geburt, wie ich annehme, bereits aus Mamatschis Leben gestrichen worden. Über ihn wird nie gesprochen. Er ist auch meines Wissens nie an der Vogelsangstrasse aufgetaucht. Selbst Male hat ihn, wie sie mir einmal gesteht, nie gesehen.

Tatsache aber ist, dass Mamatschi bereits kurze Zeit nach der Geburt von Male Papi, Jules Bilgeri an der Angel hatte. Seither an der Vogelsangstrasse Hof hält. Mit Stechschritt auf hochhackigsten Stöckelschuhen mit Geklapper in der Welt herummarschiert und ihre ‚Lieben' herumdirigiert. Sie ist eine Respektsperson, die sich ihren Vorzugsplatz in der besten Gesellschaft erobert und ersessen hat. Sie verfügt über die Gabe, unverfroren und überzeugend so zu tun, als ob sie schon immer zu diesen besten Kreisen gehört hätte. Dabei übergeht sie ihre tatsächliche Herkunft geflissentlich. Rümpft wie echt ihr Näschen über Neureiche und Emporkömmlinge. Insbesondere schneidet sie, wenn immer möglich, die Ehefrau eines CEOs eines bedeutenden Konzerns, die ihre Karriere als Bardame in einem Etablissement begonnen hatte, in das Mamatschi nie im Leben einen Fuss setzen würde, und die jetzt stolz mit einem Ford Mustang herumfährt.

Mamatschi lässt nie einen Zweifel daran aufkommen, dass alle ihre ‚Lieben' ihre Positionen ihr zu verdanken haben. Selbst Papi, der, nach ihren Worten, ein guter Mensch ist. Auf Papi schaut sie wohlwollend herab. Mich, ihren Sohn, sieht sie als Versager und Schande der Familie. Male ist ihr Liebling. Male macht wie ein braves Hündchen, was Frauchen befiehlt. Inzwischen weiss ich auch, dass Mamatschi Hampi Vollmer als Ehemann für Male gefunden, als gut befunden und herausgepickt hatte. Und auch Males neuster Verlobter, Harald Willmer geht auf Mamtschis Konto. Was Male weiter nicht stört, da Harald Willmer als sehr wohlhabend gilt, obwohl er seinen hochkarätigen Porsche in seiner Garage stehen lässt, sich grün gibt und auf einem Fahrrad durch die Stadt kurvt, dabei aber zu den besten Kreisen gehört.

Kommt mir die Galle hoch, schimpfe ich über die herrschsüchtige Mamatschi und den Waschlappen von Papi, unsere dysfunktionale Familie. Tatsache aber ist, dass ich an meinem Zuhause hängengeblieben bin. Mich nie wirklich abgenabelt habe. Dann und wann sogar um des lieben Friedens willen ein Tänzchen nach Mamatschis Geige tanze. Meine beiden Eltern irgendwie, selbst wenn ich es nie offen eingestehe, bewundere für das, was sie erreicht haben. Im Vergleich zu ihnen lasse ich mich planlos treiben und bin bisher glücklicherweise und durch Zufall immer schön auf meinen Füssen gelandet.

Auch diese Tagtraumfetzen bringen mir im Bruchteil einer Sekunde unzählige Bilder und Gegebenheiten, während ich noch immer auf dem Sofa liege. Meinen Kopf ins Lesleys Schoss gebettet.

8.

Dieser Fluss von sich nahtlos aneinander reihenden Tagtraumfetzen jagt mir den Schrecken ein, was dieser Polizist, Wachtmeister Pfund, der mich befragt hat, über uns denkt. Spontan stelle ich mir vor, dass Pfund mitbekommen haben könnte, welch dysfunktionale Familie wir sind. Das ist mir arg. Durch diese blöde Strafuntersuchung fliegt auf, dass unsere Familie dysfunktional ist. Ich kann es nicht mehr stoppen. Die Untersuchungsbehörden schnüffeln, decken auf. Mir vorzustellen, dass unser Leben an die Öffentlichkeit gezerrt wird und alle sich die Münder über unser Dasein, das nur uns etwas angeht, zerreissen werden. Schlagzeilen à la ,Ungeheuerliches im Nobelquartier'. Belagerung von Journalisten. Keine ruhige Minute mehr. Mir schwirrt der Kopf vor dieser Vorstellung.

Sollen die Leute reden, was sie wollen. Mir ist es egal. Doch mich sollen sie in Ruhe und unbehelligt lassen. Wenn ich am Montag zurück ins Büro komme. Alle Kolleginnen und Kollegen, die mit grösster Wahrscheinlichkeit die unweigerlich zu erwartenden Schlagzeilen in den Boulevardblättern bereits an diesem Montagmorgen kennen werden, sich auf mich stürzen oder diskret Distanz zu mir halten.

Selbst wenn dieser Pfund nett scheint, er ist an Vorgaben, Gesetze gebunden. Wird für mich zum wild reissenden Raubtierr werden. Ich bin zu schwach, um mich gegen diese Institution zur Wehr zu setzen. Ich bin dem Lauf der Dinge, wie sie von oben diktiert werden, hilflos ausgeliefert. Meine Angst vor Behörden. Meine Wut auf Behörden und Autoritäten.

Schliesslich liegt ein Verbrechen vor. Selbst wenn ich behauptete, nichts gesehen, erst nach dem Gewaltakt dazugestossen zu sein und entgegen meinem besseren Wissen meine Überzeugung äusserte, es handle sich um einen harmlosen Unfall im Garten mit einem bösen, nicht zu erwartenden Ende, wird Pfund rasch herausfinden, was geschehen ist.

Ich bin der friedlichste Mensch, kann keiner Fliege etwas zuleide tun. Kann mich nicht wehren. Dass ausgerechnet ich in eine solche Situation gerate! Niemand kann mir helfen. Ich stehe alleine da. Den Raubieten zum Frasse vorgeworfen. Und das bloss, weil alle rund um mich herum gestört, egoistisch, narzisstisch sind. Ausgerechnet ich. Dieses Muster ist mir vertraut. Einmal mehr darf ich alles ganz alleine ausbaden. Alle andern sind verduftet. Halt, halt, halt, Adi. In dieser Situation darfst du so etwas nicht einmal denken. Du darfst nicht über deine spontane Wortwahl lachen. Trauern solltest du, heulen solltest du. Das Ganze ist zum Heulen, nicht zum Lachen. Ich soll die Suppen der anderen auslöffeln und zum Schluss ernte ich keinen Dank. Bekomme zum Dank einen Tritt in meinen Hintern.

Die Tatsache, dass ich einvernommen werde, polizeilich. Dass dieser Wachtmeister Pfund das Recht hat, mich auszuquetschen. Dass alles, was ich sage, selbst wenn ich schweige oder zaudere, gegen mich verwendet werden kann. Aufsteigende Ängste. Verwirrung. Verzweiflung. Wo meine Vernunft mir klar sagt dass mir nichts geschehen kann. Weshalb dann, verdammt nochmal, dieser in mir wütende Tumult. Wider besseres Wissen. Tief durchatmen. Mich der Absurdität des Lebens stellen. Ein Teil des Ernstes des Lebens ist über mich hereingebrochen. Ich muss Ruhe haben. Zur Ruhe kommen. Hier zuhause. Bei meinen Lieben.

Ich spüre, dass Leslie eine meiner Wangen tätschelt. Aus meinem aufrüttelnden Tagtraum erwachend öffne ich meine Augen. Ihr Blick ist auf mich gerichtet. Sie flüstert mir zu, etwas Gutes zu essen sei in dieser Situation bestimmt das Richtige. Sie lächelt. Hebt meinen Kopf kurz hoch, windet ihren Unterkörper unter meinem Kopf weg, steht auf und legt meinen Kopf zurück aufs Sofa. Auf dem Weg aus der Stube in die Küche ruft sie mir noch zu, „Spaghetti Bolo, ist doch okay." Aus dem Kinderzimmer klingt schrill Lillys Stimme mit, „O ja, o ja! Spaghetti Bolo! Juhu, Spaghetti Bolo!" Die Fröhlichkeit des Kindes verjagt alle beunruhigenden Gedanken. Der Widerspruch, dass Klein-Lilly Spaghetti Bolo als ihr Lieblingsessen bezeichnet, jedoch die Spaghetti ohne Bolo-Sosse isst, nicht einmal geriebenen Parmesan drüber will, macht mich lächeln. Lilly doziert gerne, „die Erwachsenen sind komisch. Spaghetti sind krass hmmmmm, Bolo und Käse hingegen wähhhhh!"

Spontan blitzt mir durch den Kopf, dass Küde allenfalls denkt, ich sei wütend über ihn, weil er, ohne im Voraus ein Sterbenswörtchen fallen zu lassen, neben der Rettung auch die Polizei gerufen hatte. Dabei ist das durchaus okay für mich. Hätte er nicht die Polizei gerufen, hätte es später jemand anderes getan und dann wäre ich wohl in den Verdacht geraten, vor der Polizei etwas verheimlichen zu wollen.

Zugegeben, meine Version der Geschichte ist nicht glaubhaft. Und ich konnte nie im Ernst davon ausgehen, dass Dritte sie mir abnehmen.

Ich muss Küde anrufen und ihm für seinen Einsatz, der uns in dieser schwierigsten Situation gerettet hat, unbedingt danken. Wenn bloss Leslie nicht vorschlägt, Küde zum Dank Blumen zu schicken oder eine Flasche Whisky! Oder es von sich aus macht, ohne mir etwas zu sagen. Unter Freunden sind solche Geschenke nicht üblich. Riechen so verdammt nach Bestechung. Dabei habe ich nichts zu verbergen. Das heisst, der grösste Teil meiner Version der Geschichte klingt einleuchtend und ist nicht zu bezweifeln. Bloss meine Einschätzung über das Geschehen, das zu dieser Situation geführt hat, ist unglaubwürdig. Nun, wenn ich mit dieser Einschätzung als naiv verlacht werde, dann ist das durchaus okay für mich.

9.

Ich will und muss mich bei Küde unbedingt bedanken, dass er gleich zur Stelle gewesen war und perfekt funktioniert hat. Sofort die Verletzten-Rettung herbeigerufen hat, die im Nu mit Cis-Gis Horn und Drehlicht angesaust kommt und über die er sagt, man müsse dankbar sein für eine so zuverlässige Rettung. Oft gehe es bloss um Minuten. In meiner Hilflosigkeit war ich auf jemanden wie Küde angewiesen, der weiss, was in einem solchen Fall zu tun ist.

Küde und ich sind als gleichaltrige Nachbarjungs an der Vogelsangstrasse aufgewachsen. Wir besuchen die gleichen Schulen. Sind unzertrennliche Freunde. Studieren gleichzeitig an der Uni. Er Medizin, ich Jura. Wir sind noch immer eng befreundet. Küde hat sein Elternhaus übernommen und hat seine Arztpraxis im Erdgeschoss eingerichtet. Ich bin schon früh aus meinem Elternhaus ausgezogen.

Ich war ja so erleichtert, nach der Konfrontation mit dem blutigen Ereignis und bei meiner Ratlosigkeit, gleich Küde, einen alten Freund, herbeirufen zu können. Dass er bei seiner gut laufenden Praxis erst noch Zeit hatte und sogleich herbeieilen konnte, gleicht an ein Wunder.

Ich weiss, dass weder Küde noch ich auf unseren Handys erreichbar sind. Selten, höchst selten mache ich einen Anruf mit meinem Handy. Im Moment bin ich zu bequem, um zu unserem Festnetzanschluss zu gehen. In der Annahme, dass Küde um diese Zeit bereits aus seiner Praxis in die Privatwohnung hochgegangen ist, wähle ich auf meinem Handy die Festnetznummer von Küdes Privatwohnung. Küdes Frau, Marianne, beantwortet den Anruf. Küde sei auf dem Golfplatz. Nach der strengen Praxisarbeit benötige er etwas Entspannung. In zirka einer Stunde sei er wieder zuhause, doch dann würden sie zu Abend essen. Danach werde er mich zurückrufen. Ich erkläre Marianne, das sei nicht nötig. Ich hätte Küde bloss dafür danken wollen, wie gut er geholfen habe. Ja, sagt Marianne, mit einem Seufzer, Was geschehen sei, sei so schrecklich, absolut schrecklich. Sie werde Küde ausrichten, dass ich angerufen habe.

Als Nächstes ist Mapu, meine Noch-Ehefrau, dran. Ich muss sie unbedingt anrufen, um mich zu versichern, dass Eve das, was sie mitbekommen hat, gut verarbeitet. Auch um Mapu zu zeigen, dass mir sehr viel an meiner Tochter Eve liegt. Wo Mapu immer glaubt, ich kümmere mich zu wenig um sie.

Die Mapu-Geschichte kann ich nicht als Ruhmesblatt für mich verbuchen. Vielmehr habe ich mich da als genau der Hosenscheisser gezeigt, als den mich der Grossteil meiner Familie sieht. Unsere Scheidung ist noch nicht durch. Eve und Lilly sind beinahe gleichaltrig. Lilly ist anderthalb Monate älter als Eve. Mapu und Leslie kennen sich. Lilly und Eve kennen sich ebenfalls. Wir alle verstehen uns gut. Doch auf was ich mich einmal ohne Widerrede eingelassen hatte, meine Heirat mit Mapu, stösst mir immer wieder sauer auf. Diese Geschichte einer, meiner Ehe.

10.

Die Geschichte meiner Ehe ist, nun ja, bezeichnend dafür, wie meine Familie – mich nicht ausgenommen – funktioniert.

Die Henne, der eigentliche Hahn unserer Familie ist Mamatschi. Sie sorgt dafür, dass unsere Familie und jedes einzelne Familienmitglied gut und auch vorbildlich positioniert sind. Ich bin und bleibe der typische Repräsentant eines Abkömmlings einer wohlhabenden und bürgerlichen Familie. Lauthals protestierend, doch immer am finanziellen Tropf der Familie hängend. Bloss heimlich wage ich, eigene Wege zu gehen, von denen niemand der Familie etwas erfahren darf. Als Kind und Teenager zwar ausnehmend hübsch und charmant, doch ein Klappergestell und eine Flasche in Sachen Sport, daher dem Gespött aller Jungs und den Annäherungsversuchen aller Mädels ausgesetzt.

Das Drama meiner frühen Jugend wandelt sich während der Gymnasialzeit nach und nach zu einem Vorteil und erweist sich an der Uni als totaler Vorteil.

Nachdem sich ein wenig Muskeln auf meinen Knochen bilden, werde ich zum Frauenschwarm. Schwärmte für Frauen. Geniesse ein zügelloses Leben. Vergnügte mich mit Weiblein und Männlein. Vermeide jedoch geflissentlich, meine Bekanntschaften und Abenteuer nachhause anzuschleppen und vorzustellen. So kann ich durchaus nachvollziehen, dass Mamatschi annimmt, ich sei ein Eigenbrötler, der nichts auf die Reihe kriegt, weder im Liebes-, noch im beruflichen Leben. Ich promoviere zwar als Jurist, bemühe mich jedoch sehr zum Entsetzen von Mamatschi nicht um ein Unterkommen in einer der wenigen sehr renommierten Anwaltskanzleien. Bringe ein Gerichtspraktikum hinter mich. Nehme dann eine Auszeit für eine Reise nach Indien. Jobbe danach irgendwie herum, um schlussendlich in der öffentlichen Verwaltung als juristischer Sekretär zu landen.

Mamatschi ist sprachlos, dass ein ausgewachsener Mann nicht mehr Ehrgeiz entwickelt und berufliches Vorankommen anstrebt. Sie übernimmt ohne mein Wissen die Zügel und stellt mir eines schönen Tages Mapu als meine Braut vor. Mapu ist hübsch, hat wunderschöne Augen und ein so fröhliches Lachen. Bevor ich tatsächlich zu einer Heirat einwillige, hat Mamatschi bereits alles organisiert. Sie posaunt in der Gegend herum, „mein Adi-Liebling ist ein Spätzünder, grün angehaucht, doch hat er ein Herz für Benachteiligte. Es war sein grösster Wunsch, der Philippina Mapu, die in ihrer Heimat nichts erreichen kann, eine Chance zu geben. Das, meine Lieben, ist gelebte wunderbare Entwicklungshilfe, gratuliert meinem Adi-Liebling zu dieser tollen Wahl!"

Mapu und ich machen gute Miene zum bösen Spiel. Mapu hat erreicht, was sie wollte und noch viel mehr. Mir ist es recht, Familienfrieden und eine äusserst attraktive und kluge Frau an meiner Seite zu haben. Mapu und ich verstehen uns blendend. So erfahre ich im Nu die

Hintergründe des Erscheinens von Mapu in der Lebenswelt von Mamatschi, und vor allem auch von mir. Mapu war Mamatschi, die sich vorwiegend in ‚unseren' Kreisen bewegt, sich für den Freisinn, Frauenprojekte, Kindesschutz und Bergbauern engagiert und ihr Hauspersonal nach Möglichkeiten aus Hiesigen rekrutiert, nicht einfach so über den Weg gelaufen.

Selbst Mamatschi hatte mitbekommen, dass Männer, die mangels Attraktivität auf dem Heirats- und Beziehungsmarkt auf der Strecke bleiben, die Möglichkeit haben, Frauen per Katalog, vorwiegend Asiatinnen, Philippinas und Thailänderinnen, auszuwählen und gleichsam ‚einzukaufen'. Mit, wie ich annehme, schlechtem Gewissen und ohne ihren Freundinnen gegenüber auch nur ein Sterbenswörtchen zu verlieren, hatte sie sich an eine Agentur gewendet und ‚eingekauft'. Um ihren missratenen, immer noch ledigen Sohn den sie als schwul oder zumindest abartig einstuft, für die gute Gesellschaft und den Anschein von Bürgerlichkeit zu retten. Da er die geringsten Anstalten macht, sich aus eigenem Willen endlich ehelich zu binden, wie es sich in anständigen Kreisen gehört. Zudem will auch sie neben Alexa andere Enkelchen vorzeigen können.

Als ich Mapu bereits vor der Hochzeit erkläre, dass ich, wie man es so nennt, mit Genuss ein Lotterleben führe, von dem meine Eltern nichts wissen und das ihnen ein Dorn im Auge sein müsste, falls sie es wüssten. Dieses Lotterleben sei ich aber nicht bereit aufzugeben. Ich heirate sie nicht aus Liebe. Bloss aus Respekt, um mir keine Schwierigkeiten mit Mamatschi und Papi einzuhandeln. Mapu lacht laut auf. Sie schlägt vor, die Sache formvollendet durchzuziehen. Auch sie liebe mich nicht, möge mich aber sehr, nach diesem, meinem ehrlichen Geständnis. Dabei gesteht sie mir ihrerseits, dass sie bei der Anmeldung bei der Agentur über ihre persönlichen Verhältnisse geflunkert habe. Ihr Vater sei General und Vertrauter des Präsidenten ihres Heimatlandes. Sie habe an der von den Amerikanern in ihrer Heimat gegründeten Universität in Wirtschaft und Journalismus abgeschlossen und hätte nach dem Willen ihrer Familie in ihren Kreisen heiraten sollen. Dieses Clan-Denken und die Korruption in ihrer Heimat seien ihr so zuwider, dass sie sich entschlossen habe, zu fliehen. Bei der Agentur habe sie sich als junge Frau ohne Ausbildung gemeldet, mit dem Wunsch, im Ausland Anschluss und Bildung zu finden. Sie habe sich für die Agentur zum Schein bereit erklärt, jede Arbeit anzunehmen.

Mamatschi bestimmt, dass Mapu und ich in die Wohnung im zweiten Stockwerk an der Vogelsangstrasse einziehen. Dabei verfolgt Mamatschi einen Plan, den ich erst nach unserem Einzug in die für uns nach Mamatschis Geschmack nobel ausgestattete Wohnung, in der auch bereits ein Kinderzimmer hergerichtet ist, durchschaue. Mamatschi stellt sich vor, dass Mapu aus Dankbarkeit für ihre Rettung aus dem Elend Hausarbeiten für sie und Papa erledigt und eine Hausangestellte und die Putzfrau ersetzt. Ich bin empört, drauf und dran heftig zu protestieren und mich schützend vor meine Frau zu stellen, die mir zu schade ist, um ausgerechnet von meinen eigenen Eltern schamlos ausgenutzt zu werden. Mapu ist Realistin, will ihre ‚Wohltäterin' unbedingt nicht verärgern. Sie erklärt mir auch, für sie, die aus einem anderen Kulturkreis komme, sei es spannend, am eigenen Leib zu erleben, wie hier ein gepflegter Haushalt geführt werde. Ich schlucke meinen Ärger runter. Doch jedes Mal, wenn ich mitbekomme, wie Mapu mit Schürze und weissem Häubchen in die unteren

Stockwerke pilgert oder von da hochkommt, kehrt es mir beinahe den Magen.

Mapu ist darüber informiert, dass meine neuste Flamme eine in unserer Stadt wohnende und als Journalistin für eine englische Zeitung arbeitende Engländerin, Leslie, ist. Die beiden Frauen verstehen sich blendend, lachen auch darüber, als sie beide gleichzeitig von mir schwanger sind. Anderthalb Monate vor Eve kommt Lilly zur Welt.

Nachdem Mapu weiss, wie der Haushalt von Mamatschi funktioniert, stellt sie sich bei den Hausarbeiten so dumm an, dass Mamatschi sie giftig tadelt, als ‚undankbares, faules Ding' bezeichnet und schlussendlich erklärt, so gehe es nicht weiter. Mapu sei die falsche Frau für mich. Mamatschi wirft Mapu aus dem Haus. Beauftragt einen berühmten Wirtschaftsanwalt, meine Scheidung einzuleiten und dafür zu sorgen, dass dieses abgefeimte Luder weder eine Abfindung, noch eine Rente erhalte.

Mir ist die ganze Sache ungeheuer. Mapu lacht. „Wir werden es durchstehen", meint sie grinsend und versetzt mir einen liebevollen Nasenstüber.

Seither, seit bald fünf Jahren, läuft das Scheidungsverfahren im Sinne eines von zwei Rechtsanwälten gekonnt befeuerten und von Mapu und mir in kluger Verzögerungsstrategie alimentierten Rosenkriegs. Uns ist dieses endlose Scheidungstheater willkommen. Wir hoffen, dass das Formelle ein gutes Ende finden wird. Dass Mamatschi sich mit der Zeit erweichen lässt und dass Mapu ordentlich abgefunden wird.

Mamatschi verkündet, weder Mapu, noch deren Wurf, womit sie Eve meint, dürften das Haus an der Vogelsangstrasse je wieder betreten. Für sie seien die beiden gestorben.

Mapu ist glücklich, ihr Leben selbst in die Hand nehmen zu können und schlägt sich genial durch. Ich bezahle ihr einen Rechtsanwalt für unsere Scheidung, der, wie bereits erwähnt, den Auftrag hat, die Sache so lange hinauszuzögern, bis Mamatschi zur Vernunft kommt und dem mich formell und offiziell vertretenden Rechtsanwalt, der von mir und Mapu hinter Mamatschis Rücken über unsere Strategie ins Bild gesetzt ist, der sich amüsiert und ohne grossen Aufwand gutes Geld von Mamatschi verdient, bis Mamatschi endlich, was wir alle hoffen, die Weisung erteilt, einzulenken und Hand zu einer vernünftigen Scheidungskonvention zu bieten.

Selbstverständlich ziehe ich gleich aus der Vogelsangstrasse aus und bei Leslie in die hübsche Altstadtwohnung ein. Mamatschi ist total beleidigt, dass ich ihr bisher die so sympathische Leslie vorenthalten habe. Sie erkürt Lilly zu ihrem Lieblings-Enkelkindchen, was Alexa, die Tochter von Male, die sich in Mamtschis Obhut befindet, einigermassen irritiert.

Kaum bin ich aus der Vogelsangstrasse ausgezogen, kehrt Male total abgebrannt aus Thailand zurück und zieht in die leerstehende Wohnung an der Vogelsangstrasse ein. Male und ich sind beide neugierige Menschen. Kaum bekommt Male mit, dass zwischen mir und meiner Noch-Ehefrau Mapu ein Rosenkrieg herrscht, will sie diese Mapu kennenlernen, ohne dass Mamatschi es zu wissen braucht.

Die beiden Frauen freunden sich ohne Wissen von Mamatschi an. Mamatschi ihrerseits nimmt das Schicksal ihrer Tochter Male erneut in die Hand. Hat den guten Riecher und pickt aus den besten Kreisen den erfolgreichen, umworbenen Junggesellen und, wie man hinter vorgehaltener Hand munkelt, sehr, sehr wohlhabenden Harald Willmer heraus . Verlobt ihn mit Male. Damit gerät auch Males Leben wieder aus der Schieflage heraus. Ihre Welt ist erneut in Ordnung.

Ich staune, wie viele Erinnerungen, Geschichten und Bilder im Bruchteil einer Sekunde wie Filme im Bruchteil einer Sekunde durch das Bewusstsein sausen, während ich auf meinem Handy die Nummer von Mapu wähle, um mich endlich nach dem Befinden von Eve, die das Schreckliche gesehen hat, zu erkundigen. Ich stelle mir vor, dass Mapu, nach der uns von Mami eingebrockten, total empörenden Geschichte, bloss Schadenfreude empfindet. Doch um Eve mache ich mir echt sorgen. Ein live Krimi ist nichts für Kinder. Und ich fühle mich so unsicher, wie ich mit dem Kind sprechen soll.

11.

Ich begrüsse Mapu auf meinem Handy mit einem lockeren Spruch. Um der Situation nicht eine unnötig tragische Note zu geben. Mapu reagiert zu meinem grossen Erstaunen äusserst reserviert. Es stinkt mir im Moment, wo ich bereits rieche, wie in der Küche die Bolo-Sosse köchelt, Diskussionen über Gott und die Welt zu führen, will gerade sagen, dass ich unbedingt mit Eve sprechen möchte, in der Hoffnung, dass das kleine Töchterchen nicht zu sehr durcheinander sei, als Mapu mich unterbricht und erklärt, sie sei echt irritiert, dass ich in meiner Situation nicht ernster und gewillt sei, mich den Tatsachen zu stellen. Ich will ihr widersprechen, doch sie kommt mir zuvor. Was auch immer in den letzten Jahren vorgefallen sei, immerhin handle es sich um meine Eltern und da dürfte ich wohl etwas Betroffenheit an den Tag legen.

„Das sagst Du mir," erwidere ich Mapu. „Wir haben nie darüber gesprochen, doch ich habe volles Verständnis dafür, dass Du meine Eltern hasst, wie sie Dich schamlos benutzt und ausgenutzt und nun auf dreckige Weise abservieren wollen. Wir brauchen uns also nichts vorzumachen. Wenn ich trotz des grässlichen Geschehens noch fröhlich bin, ist es total okay. Und auch Du brauchst kein Trauerspiel zu inszenieren. Wir können ein andermal darüber reden. Gibst Du mir Eve? Ist sie okay?"

„Ich hasse Deine Eltern nicht. Mamatschi ist eine Mutter, die für ihre Kinder bloss das Beste will und dafür mit allen

Mitteln kämpft. Selbst wenn sie mir gegenüber ihre böseste Seite zeigt, ich bewundere diese Frau. Sie hat Charakter und weiss, was sie will. Hingegen, entschuldige meine Offenheit und entschuldige auch, dass ich schlecht über ihn rede, der mich immer, wenn Mamatschi nicht rum war, in Schutz genommen hat, ist Dein Papi ein Feigling. Er hat Mamatschi nie gezeigt, wo die Grenzen von menschlichem und anständigem Verhalten sind. Er ist ein Waschlappen. Das Schicksal hat ihm das beschert, was er verdient. Entschuldige meine Offenheit. Ich habe versucht, Eve auf das, was sie gesehen hat, anzusprechen. Es ist nichts zu machen. Sie will nicht darüber sprechen. Sie schaut das schöne Bilderbuch an, das Du ihr neulich geschenkt hast. Sie kann bereits die meisten Tiere benennen. Sie ist ganz ruhig. Es wäre wohl ungeschickt, sie jetzt zu stören. Schau gescheiter morgen bei uns rein. Dann kannst Du von Angesicht zu Angesicht sehen, wie es ihr geht, und mit ihr reden. – Du, ich möchte unbedingt nichts falsch machen. Eve und ich haben zufällig, wie Du weisst, das Grässliche beobachten müssen. Soll ich zur Polizei gehen und sagen, was ich gesehen habe?"

„Keinesfalls. Male und ich halten dicht. Niemand wird erfahren, dass Eve und Du Augenzeugen seid. Ich halte Euch da raus."

„Danke Dir. Ich bin erleichtert. Ich habe nämlich riesigen Stress. Nächste Woche ist Abliefertermin für einen Artikel, den ich für eine Zeitung in London schreibe. Morgen habe ich eine Videokonferenz. Ich hätte unmöglich Zeit zur Polizei zu gehen. Eve wird morgen von morgens bis nachmittags bei einer Freundin sein. Am späteren Nachmittag aber wird sie zuhause sein. Komm dann doch kurz vorbei."

Den Geräuschen aus der Küche entnehme ich, dass Leslie weder die Spaghetti fertig gekocht, noch das Wasser bereits abgeschüttet hat. So bleibt mir noch kurz Zeit, den Anruf zu machen, vor dem mir, um ehrlich zu sein, graut. Obwohl wir, Male und ich, jetzt mehr denn je zusammen reden müssen. Obwohl oder gerade weil sie mich vor wenigen Stunden aufs wüsteste beschimpft und arg beleidigt hat.

12.

Kaum melde ich mich am Telefon, kriegt Male einen Heulkrampf.

Echte Trauer nehme ich meiner lieben Schwester nicht ab. Das in wildesten Wunschträumen nicht zu erhoffende Szenario und das dann total überraschende Geschehen um Mamatschi und Papi löst zwar einen kleinen Schock aus, lässt jedoch angesichts der zynischen Komponente eher ein Höllengelächter über die Ironien des Schicksals aufflackern.

Males Heulkrampf schreibe ich spontan der Tatsache zu, dass das blutige Geschehen bekannt, zu einem Skandal aufgebauscht werden und damit ihren Verlobten, den ach so hochgepriesenen Harald Willmer, wegen der über unsere Familie hereingebrochenen Schande zum Abspringen bringen könnte. Nach ausgiebigem heul heul schluchz schluchz, unterbreche ich Male und werfe hin, „typisch meine Schwester. Ist Vernunft gefragt, drückt sie auf den Knopf, heult los und lässt mich, wie immer schon, alleine im Regen stehen."

Ich könnte mich ohrfeigen, dass mir gedankenlos dieser zynische Spruch rausgeflutscht ist. Der von meinem Gegenüber echt krumm genommen werden kann. Weshalb bloss hadere ich jedes Mal mit mir selber, wenn ich meinem

Innersten spontan treu bleibe und spontan rauslasse, was mir auf die Seele drückt! Auf meinen Zynismus könnte ich ebenso gut, sollte ich stolz sein. Meine Schwäche ist in Wahrheit meine Stärke. Zeugt von meiner Frechheit, meiner Selbstentschlossenheit, meinen Kampfesmut, meiner Ehrlichkeit und meiner Leidensfähigkeit. Es ist durchaus richtig, dass bei meiner Offenheit jeder gleich weiss, woran er mit mir ist. Blöd bloss, dass ich wegen der Distanz am Handy den Gesichtsausdruck von Male nicht mitbekomme. Nicht sehen kann, wie mein lockerer Spruch bei ihr angekommen ist.

Die kurze Pause im Gespräch am Handy lässt mir das Schrecklichste schwanen. Offensichtlich hat mein Spruch Male die Sprache verschlagen.

Ich stelle mir vor, dass Male leer schluckt und gleich zu einem Donnerwetter ansetzen wird. Zu meinem grossen Erstaunen beginnt sie in beschwichtigendem, versöhnlichen Tonfall zu sprechen. Ich bin platt. Sie lenkt ein. Wohl um die Angelegenheit nicht eskalieren zu lassen. Ich kann mir die Ohrfeige für meinen Zynismus sparen. Ich habe nichts zerbrochen. Es gibt keine Scherben. Im Gegenteil, nun können wir wieder, endlich, vernünftig miteinander sprechen. Male wirft ruhig und gefasst hin – ich kann mir sogar vorstellen, dass sie dabei lächelt –, „das Drama betrifft die ganze Familie. Nun sind wir beide in der Pflicht. Süss von dir, Kleiner, dass du mich anrufst!"

Mir bleibt nichts anderes übrig, als ihr beizupflichten. Sie meint, das Spital werde sich melden. Ich meine, die Polizei werde sich melden. Fröhlich beschwingt einigen wir beide uns dann darauf, abzuwarten und Tee zu trinken. Wobei sie gleich anfügt, ob ich es ihr übel nehme, wenn sie anstatt Tee sich einen Harvey Bristol Cream genehmig2. Ich verschweige ihr, dass auch ich auf den Tee verzichte und nun endlich zu den von mir so heiss geliebten und von Leslie immer so wunderbar zubereiteten Spaghetti Bolo schreite.

Das Gespräch während des Essen bleibt beliebig. Kreist um das Essen. Wie es schmeckt. Kreist auch um die kleinen Dinge des Alltags. Und um die eine Puppe von Lilly, die den Spielzeug-Trax blöd finde. Nebenherr schaffe ich es, Leslies Blick auf mich zu ziehen. Unter ihren fragenden Augen kurz einen scharfen Blick auf Lilly zu werfen. Mit fragendem Gesichtsausdruck zurück zu Leslie zu schauen. Leslie zuckt kurz mit den Schultern. Signalisiert mir mit einer verzogenen Grimasse und leichtem Kopfschütteln, dass sie annehme, Lilly stehe nicht unter Schock wegen des Gesehenen und scheine nicht über das Erlebte sprechen zu wollen. Ich bin stolz auf meine kleine Familie. Frau und Tochter sind total vernünftig und nehmen gelassen hin, was nicht zu ändern ist. Ohne dabei viel und unnötige Worte zu verlieren. Heureka, der Neuanfang ist geschafft!

Truth is my master in all things, if I can be said to have a master, which I cannot.
Charlie Kaufman (geboren 1958),Antkind, E-Book 2020 Pos. 192

13.

Um Zwei in der Nacht wache ich auf. Harndrang. Auf dem Weg im Dunkeln zur Toilette überlegte ich mir, dass ich es mir künftig verkneifen muss, nach dem Essen noch fünf Gläser Grappa hinter die Binde zu giessen. Das Alter macht sich bemerkbar. Man geht gegen die Vierzig. Was man früher locker geschafft hat, wird zu einer Belastung.

Nachdem ich mich nach dem Pissen wieder zurück ins Bett getappt habe, schlafe ich problemlos wieder ein. Später beim Aufwachen, zwinkere ich kurz ins Dunkel, um festzustellen, dass vom Fenster her das Dämmerlicht die Dunkelheit auflichtet. Ich schätze, dass sechs Uhr ist und Zeit zum Aufstehen.

Konkret erinnere ich mich an keinen Traum mit einer auch nur vage oder diffus erkennbaren Geschichte. Doch spuken schreckliche Bilder in meinem Kopf herum. Bilder, die ich verscheuchen muss und will. Bis mir spontan einfällt, hey, diese Bilder stammen nicht von einem Traum. Doch vom Geschehen, das ich gestern erlebt hatte. Der Alltag holt mich ein. Das Ausserordentliche ist wieder da. Gestochen scharf. Ich zucke zusammen. Es ist nichts mehr so, wie es gewesen war.

Ich bin gefordert. Ich muss mir genau überlegen, was ich zu tun habe. Die nächsten Schritte genau planen. Im Büro will ich mich für heute abmelden. Ich schütze irgendetwas vor. Grippe oder so. Mit der Wahrheit will ich da noch nicht rausrücken. Will jetzt unbedingt nicht am Telefon mit unnötigen Fragen gelöchert werden und sagen, was geschehen ist.. Behördengänge stehen bevor. Ich muss im Spital anrufen. Womöglich ist es gescheiter, ich frage erst mal Wachtmeister Pfund an, was ich tun kann und was noch nicht. Die schrecklichen Bilder sind da. Verfolgen mich.

Dabei bin ich gelassen und ruhig. Ich werde mein Morgenritual durchziehen. Normalität, die man ins Aussergewöhnliche hinüber retten kann, gibt Halt. Mich wie jeden Morgen zuerst an meinen Computer setzen, Emails, Social Media und dies und das checken, dann mein Frühturnen bei geöffnetem Fenster hinter mich bringen, eine Viertelstunde mit Kopfhörern auf meinem elektronischen Klavier herumklimpern und zum Abschluss die ersten beiden Sätze von Mozarts Alla Turca runterfetzen. Die Zeitungen am Briefkasten holen. Zeitungen lesen, d.h. die Schlagzeile überfliegen und wenige Artikel mehr oder weniger lesen. Dann Tagebuch schreiben. Während ich schreibe, steht Leslie auf. Lilly schläft noch. Leslie gibt mir den Gutmorgenkuss. Drückt mich fester und länger an sich als sonst. Fragt, wie es gehe. Ob sie etwas für mich tun kann. Ich schüttle meinen Kopf. Sie versteht. Sie lässt sich an der Kaffeemaschine einen Cappuccino raus und verschwindet damit in ihr Büro. Vor ihr schäme ich mich für die schreckliche Untat und dass so etwas in meiner ach so anständigen und bürgerlichen Familie vorkommt.

Nach Acht rufe ich im Büro an und teile mit, dass ich unpässlich sei, leichtes Fieber. Bis Montag sei es bestimmt vorüber. Angie hat Erbarmen mit mir, dass ich ausgerechnet aufs Wochenende hin krank werde. Sie wünscht mir gute Besserung und verspricht, Dr. Schmitt mitzuteilen, dass die Besprechung um Elf verschoben werden müsse.

Leslie, die am Morgen nicht anzusprechen ist, lässt mich in Ruhe. Lilly ist zufrieden, als ich ihr ihren Kakao zubereite und freut sich ganz besonders, dass ich ihr sogar eine Scheibe Brot mit Nutella schmiere. Leslie hat Nutella für Lilly an gewöhnlichen Tagen verboten. Heute ist Ausnahme. Leslie schiesst mir bloss einen Blick mit verdrehten Augen zu. Lilly und ich grinsen uns verschwörerisch zu. Ich bin für jede Sekunde dankbar, die ich den Anruf an Wachtmeister Pfund hinausschieben kann. Vor gewissen Dingen schrecke ich spontan zurück, obwohl ich weiss, dass sie notwendig sind und ich sie erledigen muss.

Mein Handy klingelt.

Eine Frau Stöckli, die sich als Assistentin von Wachtmeister Pfund vorstellt, fragt an, ob es mir möglich ist, ins Büro von Wachtmeister Pfund zu kommen, um das Protokoll zu unterschreiben. Ich schlage vor, dass ich sogleich antanze. Frau Stöckli erklärt, das gehe leider nicht.

Wachtmeister Pfund habe heute Morgen eine Einvernahme in anderer Sache. Ob es mir am Nachmittag möglich ist, reinzuschauen. Um halb Drei. Schüchtern frage ich sie, ob ich mich bereits um irgendwelche Formalitäten, Behördengänge oder Ähnliches kümmern müsse. Sie rät, erst das Gespräch mit Wachtmeister Pfund abzuwarten. Ich schnaufe auf. Dieser Aufschub der lästigen Pflichtübungen kommt mir gelegen.

Am liebsten würde ich mich verkriechen. Mich unsichtbar machen. Mit keiner Menschenseele reden. Ich wünschte, die Zeit würde rasen und erst da wieder auf Normalgang schalten, wenn der Moment gekommen ist, um die Wohnung zu verlassen und mich zu Wachtmeister Pfund zu begeben.

Wilde, nicht zu stoppende Gedanken spuken unkoordiniert kreuz und quer in meinem Kopf herum.

Ich schiebe mir einen Stuhl am Esstisch so zurecht, dass ich bequem vor der Sitzfläche des Stuhles auf meine Fersen hocken kann. Lege ein Blatt Papier samt Unterlage auf die Sitzfläche des Stuhls. Beginne mit meinem Namiki-Füller zu schreiben. Ich fange die entfesselten, verselbständigten, meinen armen Kopf arg belästigenden Gedanken ein. Halte sie, wie ich sie erwische, einen nach dem anderen, fest. Fasse sie in Worte. Schreibe mir diese mich verstörenden Gedanken von Leib und Seele. Ich versuche, mich den Ängsten anzunähern, die mir die Ruhe und Gelassenheit rauben. Ich will sie aufdecken, ergründen. Schreibend versinke ich in einer anderen Welt, die mir die Leichtigkeit des Seins zurückgibt und mich gewissermassen geläutert in mein alltägliches Dasein zurückfinden lässt. Die Unterschenkel beginnen zu kribbeln vom Hocken auf den Fersen. Zum

Glück meldet sich gleichzeitig Harndrang. Ich unterbreche das Schreiben und stehe auf. Zuerst muss ich leicht hüpfend meine Füsse und Unterschenkel, die etwas eingeschlafen sind, schütteln, um wieder festen Stand und Tritt zu haben.

Kaum bin ich wieder am Schreiben, kommt Lilly aus ihrem Kinderzimmer angeschlichen, legt sich neben mich auf den Boden, zwängt ihr Köpfchen zwischen einem Stuhlbein, meinem linken Oberschenkel und meinem linken Unterarm durch. Als ich sie, meinen Plagegeist, etwas unwirsch ansehe, legt sie ein Zeigefingerchen auf ihr Mündchen und zischt leise „schschsch". Mir kommen vor Rührung beinahe die Tränen und ich möchte sie am liebsten knuddeln. Doch ich schreibe ruhig weiter. Als ob nichts gewesen ist. Zum Glück ruft Leslie aus ihrem Arbeitszimmer, dass von den Spaghetti und der Bolo-Sosse vom Vorabend noch genügend Resten sind. Falls es mir nichts ausmache, könnte ich die Resten aufwärmen und das Mittagessen zubereiten. Lilly ruft, „au ja, so feeeiiin!", und springt auf. Ich bin vom Schreiben erlöst. Zurück in einem rund laufenden, dynamischen Alltag, der unnützes Gedankengeflimmer abwehrt, fernhält.

Auf dem Weg zu Wachtmeister Pfund wird mir unversehens bang. Spontan fällt mir ein, dass Wachtmeister Pfund mich in die Mange nehmen könnte. Weil er herausgefunden hat, dass ich ihn gestern am Tatort schamlos angelogen habe. Als Jurist ist mir bewusst, dass Irreführung der Rechtspflege ein Straftatbestand ist. Als Beamter macht es sich ausnehmend schlecht, falls ich als Täter in ein Strafverfahren verwickelt werde. Aus Nervosität verlasse ich das Tram drei Haltestellen früher, um mich beim Gehen zu Fuss zu beruhigen und eine Strategie zu entwickeln, wie ich meinen Kopf möglichst geschickt aus der Schlinge ziehen kann.

Ich soll mich im Büro 212 von Frau Stöckli melden. Am Empfang erkläre ich, dass ich im Büro 212 von Frau Stöckli erwartet werde. Die Dame am Empfang fragt nach meinem Namen, macht einen kurzen Telefonanruf und weist mir dann lächelnd mit einer Handbewegung den Weg zum Lift. Dem Namenstäfelchen beim Büro 212 entnehme ich, dass Frau Stöckli mit Vornamen Mirjam, und Wachtmeister Pfund Sepp heissen.

Klopfenden Herzens klopfe ich mit zittriger Hand an die Türe. Klopfenden Herzens bereite ich mich seelisch darauf vor, zu meinem Sermon möglichst locker anzusetzen mit, „Ich muss ihnen, Wachtmeister Pfund, etwas gestehen, das mir, insbesondere als Jurist, äusserst peinlich ist. Ich habe sie gestern aus mir unerfindlichen Gründen schamlos angelogen. …".

Mirjam Stöckli, vor der ich mich wie ein kleiner Schuljunge aufpflanze, eröffnet mir, Wachtmeister Pfund erwarte mich bereits, steht auf und geht mir voraus auf eine geöffnete Verbindungstüre zu und ruft ins Nachbarbüro hinein, „Sepp, Herr Bilgeri ist da."

14.

Wachtmeister Pfund steht von seinem Schreibtisch auf. Kommt mir mit ausgestreckter Hand und freundlichem Lächeln entgegen. Bedankt sich, dass ich so rasch Zeit finden konnte. Er sei immer froh, wenn er seine Fälle zügig erledigen könne. Er habe das Protokoll bereits vorbereitet. Er bittet mich, an einem kleinen, runden Besprechungstisch Platz zu nehmen. Nimmt von seinem Schreibtisch ein paar Papiere. Setzt sich mir gegenüber. Bevor ich mich genügend gesammelt habe und zu meinem Sermon ansetzen kann, beginnt Wachtmeister Pfund, ohne mich anzuschauen, zu reden.

„Es ist meine Art, mit offenen Karten zu spielen. Inzwischen weiss ich, wie alles abgelaufen ist und dass sowohl Sie als auch Ihre Frau Schwester, Frau von Falkenburg mich gestern angeflunkert haben. Sie Beide standen wohl, was durchaus begreiflich ist, unter Schock", sagt Wachtmeister Pfund.

Er hebt seinen Blick von den Papieren, die er in seinen Händen hält, und schaut mir freundlich und irgendwie fröhlich in die Augen. Ich würde am liebsten vor Scham in den Erdboden versinken. Ich spüre, wie Hitze in meinen Kopf steigt und ich erröte. Was mir zusätzlich zur Tatsache, dass er mich beim Lügen ertappt haben will, total peinlich ist. Dass ich als ausgewachsener Mann noch immer und immer ausgerechnet in den unpassendsten Momenten erröte. Zum Glück begann Wachtmeister Pfund mit einer solchen Bestimmtheit zu reden, dass ich weiss, er hält mir einen Monolog, einen Sermon, eine Predigt, eine Gardinenpredigt. Was mir durchaus recht ist. Ich bin so verwirrt, dass ich kaum gute Worte finden, stottern würde. So kommt mir durchaus entgegen, dass er redet und ich noch etwas schweigen darf und mir Zeit gegeben ist, mich erneut zu sammeln.

„Schauen sie mich nicht so entsetzt an. Es geht mit rechten Dingen zu. Die Polizei kommt den tatsächlichen Abläufen mit etwas Glück oft auf die Spur. Ich weiss, was sich im Garten ihrer Eltern vor dem Hochbeet abgespielt hat. Dass Sie kurz bevor das Unglaubliche geschah, dazugestossen sind, zusammen mit einer Frau und einem Kind."

„Meiner Lebensgefährtin Leslie und unserem Töchterchen Lilly."

„Dass ihre Schwester, zusammen mit einer anderen Frau und einem Kind das Geschehen ebenfalls aus einem Fenster des zweiten Stockwerks des Hauses hatte beobachten können."

„Meiner Noch-Ehefrau Mapu und unser gemeinsames Töchterchen Eve."

„Ja, ja, Ihr seit Jahren dauernder und noch immer anhaltender Rosenkrieg! Hat ihre Noch-Ehefrau, wie sie sie nennen, nicht Hausverbot im Haus ihrer Eltern?"

„Ja, ja. Heimlich jedoch verkehren meine Schwester und meine Noch-Ehefrau zusammen."

„Was verbindet die lokal prominenteste Event-Königin der High Society mit einer international renommiertesten Meisterin im investigativen Journalismus in Sachen Wirtschaftskriminalität und Geldwäscherei?"

„Das ist auch mir ein Rätsel. Doch sie scheinen sich zu mögen."

„Da gibt es doch noch Alexa. Wissen sie, ob diese Elfjährige sich im Haus aufhielt?"

„Bestimmt. Doch Alexa hat eine neue Leidenschaft entdeckt. Sie liebt Manga und zeichnet nun eifrig selber welche. Entwirft richtiggehend Graphic Novels. Da taucht sie für Stunden oder ganze Tage in ihr Zimmer ab und wird nicht mehr gesehen."

„Mein Wissen", wechselt Wachtmeister Pfund das Thema, „ist keine Waffe gegen sie. Wir beide befinden uns nicht in einem Schattenkampf. Entspannen sie sich! Mir geht es um die Lösung des Falles. Das ist doch auch in ihrem Interesse. Ich bin froh, dass ich sie nicht weiter mit dem für meine Tätigkeit relevanten Sachverhalt, dem Tathergang, zu belästigen brauche. Sie benötige ich lediglich, damit sie den Sachverhalt bestätigen und das Protokoll unterschreiben. Sie wundern … "

„Es ist nämlich so, dass ich …"

„Lassen sie mich erst einmal ausreden. Sie wundern sich wohl, weshalb ich alles weiss. Na ja, sagen wir es so, der Zufall spielt dabei eine grosse Rolle. Nachdem wir zusammen geredet hatten und sie gegangen waren, habe ich den Tatort noch einmal genau unter die Lupe genommen. Dazu gehört auch, dass ich mir die nähere und auch weitere Umgebung anschaue. Ich bin unter anderem auch ein paar Schritte zu der etwas entfernter liegenden Hecke gegangen, die die Grenze zur Nachbarliegenschaft bildet. Dabei stosse ich zufällig in der sonst sehr dicht gewachsenen Hecke auf eine Aussparung. Als ob Kinder oder Erwachsene sich durch die Hecke hindurch ein Schlupfloch geschaffen hätten. Um ohne Umweg von da nach dort zu gelangen. Das Schlupfloch ist so weit und hoch, dass ich einen wunderbaren Ausblick auf die Nachbarliegenschaft habe, den riesigen Park und die schlossartige, riesige Villa. Dabei sehe ich einen Mann, der an einem nahe gelegenen Blumenbeet herumgärtnert. Mein Alltag besteht darin, routinemässig auch Nachbarn zu befragen. Also spreche ich den Mann an. Er bittet mich zu sich rüber zu kommen. Er möchte mir etwas zeigen. Hinter der Hecke, nahe beim Schlupfloch, befindet sich, wie sie bestimmt wissen, ein Gartenhaus oder Geräteschuppen der Nachbarliegenschaft. Der junge Mann stellt sich als der Gärtner der Nachbarliegenschaft vor. Ich staune. Von sich aus erzählt der Gärtner mir einen so perfekten Tathergang vor dem Hochbeet im Garten ihrer Eltern, dass mir seine zu einfach klingende Geschichte etwas zu konstruiert und abenteuerlich erscheint. Doch erwähnt er neben ihren Eltern, wie bereits gesagt, auch sie und ihre Begleitung …"

„Meine Eltern hatten keinen Kontakt zu den Leuten dort drüben, die diese Liegenschaft erst neulich übernommen hatten und vor lauter Diskretion nicht durchsickern liessen, was sich dort abspielt."

„Ihr Herr Vater jedoch pflegte guten und nahen Kontakt zu diesem Gärtner. Der Gärtner berichtet mir nämlich, dass der Herr Professor Bilgeri ein leidenschaftlicher Gärtner ist. So kam es …"

„Wenn Papi Ruhe vor Mamatschi – wir nennen Mami in unserer ganzen Familie auf ihren Wunsch Mamatschi – haben will, rettet er sich in den Garten. Mamatschi meidet den Garten nach Möglichkeiten. Mit ihren hochhackigen Schuhen sind selbst Kiesel Stolpersteine. Doch dieser Gärtner muss neu sein. Papi erwähnte neulich, er habe den Eindruck, dass dieser Gärtner nicht viel vom Gärtnern verstehe. Das Schlupfloch hatten wir als Kinder gemacht. Papi hat es erst neulich entdeckt. Ist dann ins Gespräch gekommen mit diesem Gärtner und …"

„Der Gärtner berichtet mir, dass ihr Herr Vater und er die Vereinbarung hatten, dass ihr Herr Vater sich nach Lust und Laune mit Garten-Werkzeug aus dem Gartenhaus bedienen kann. Nun kommt es noch bunter. Wie sie wissen hat die neo-burgartige Nachbar-Villa verschiedene Türme und Zinnen. Der Zufall will es, dass der Gärtner auf einem Turm-Balkon, der just zur Liegenschaft ihrer Eltern gibt, die Bepflanzung von Unkraut säubert, als er durch das Schreien ihrer Frau Mutter, die aus dem Haus auf ihren Herrn Vater zustürmt, der beim Hochbeet im hinteren Teil des Gartens Ihrer Eltern neben dem Haus am gärtnern ist, aufschreckt und seinen Blick nach dorthin lenkt. So bekommt der Gärtner das Geschehen mit. Auch ihr Erscheinen, Herr Bilgeri. Und er kann auch erkennen, dass ihre Frau Schwester die Szene aus dem zweiten Stockwerk des Hauses beobachtet. Das heisst, die Geschichte, die er mir erzählt, erscheint mir allzu abenteuerlich. Ich starre diesen Gärtner an und denke mir, von irgendwoher kennst du diesen Mann. Bis der Groschen fällt. Er hat mir seine angebliche Beobachtung als so gute und überzeugende Geschichte aufgetischt, dass ich sie ihm spontan abgenommen hatte, bevor mir wieder einfällt, wer er tatsächlich ist. Und ich bin mir sicher, dass er mich ebenfalls erkannt hat. Und mir nun als Rache für unsere damaligen Differenzen eine Lügengeschichte präsentiert, um mich, den gutmütigen alten Pfund ins Bockshorn zu jagen, damit ich mich vor meinen Kolleginnen und Kollegen und Vorgesetzten lächerlich mache. Damals, vor Jahren, war er ein total verschlagenes Bürschchen gewesen und hatte alles getan, was Gott verboten hat. Seine Geschichte, die er mir jetzt auftischt, muss ich unbedingt mit der notwendigen Vorsicht geniessen. Zum Beweis seiner abenteuerlichen Geschichte zeigt er mir im Gartenhaus eine blutverschmierte Axt. Er hatte auch …"

„Also, das kann ich erklären … "

„Er behauptet auch, sie gesehen zu haben, wie Sie die Axt nach dem Geschehen hastig zurückgebracht hatten."

„Ja, es ist so, dass …"

„Nun ja, die Spurensicherung konnte dann auch feststellen, dass tatsächlich Fingerabdrücke auf der Axt sind, die mit den Fingerabdrücken übereinstimmen, die die Spurensicherung ihnen routinemässig gestern abgenommen hatte. Zudem sind Blutspuren auf der Axt, die nicht abgewischt worden sind. Bis dahin …"

„Ich war so durcheinander gewesen, dass ich … „

„Bis dahin hatte ich die Geschichte des vermeintlichen Gärtners nicht geglaubt. Erst nach dem Gespräch mit Doktor Kurt Winteler, dem Arzt, den sie gerufen hatten, …"

„Mein bester Freund. Zum Glück hat er seine Arztpraxis im Nachbarhaus und konnte sofort kommen."

„…, dem Gespräch mit den behandelnden Ärzten im Spital und den Resultaten der Spurensicherung fällt es mir wie Schuppen von den Augen, dieser vermeintliche Gärtner hat die Wahrheit und nichts als die Wahrheit erzählt."

„Und ich, als Jurist, mache mich der Irreführung der Rechtspflege schuldig. Ich bedaure es …"

„Halt, halt, ich bin noch nicht am Ende mit meiner Erzählung. Nun gut, inzwischen wurde ich ausgerechnet heute über Mittag von Kollegen, mit denen ich mich in der Rheinfelder Bierhalle zum Mittagessen traf, rein zufällig darüber aufgeklärt, dass dieser frühere Tunichtgut und heute vermeintliche Gärtner in Wahrheit heute ein Journalist sein soll …"

Der Monolog von Pfund überrascht mich total. Eine polizeiliche Einvernahme hatte ich mir anders vorgestellt. Pfund kommt mir wie ein Geschichtenerzähler vor. Dabei sollte er mich wegen meiner Lügerei in die Mange nehmen. Vor lauter Staunen legt sich meine Anspannung. Ich nehme eher amüsiert zur Kenntnis, dass er mich unbedingt nicht zu Wort kommen lässt. Interpretiere dies als für mich positives Zeichen. Dennoch werde ich meinen unvermeidlichen Canossagang gehen und mich meinen Lügen und deren rechtlichen Folgen stellen müssen. Kann mich aber, ruhig, wie ich im Moment bin, gefasst auf das vorbereiten, was ich bekennen will und muss. Ich habe so viel Zutrauen zu diesem Pfund gefasst, dass ich keine Angst mehr habe, ihm meine Lüge einzugestehen. Er wird mich nicht fertig machen wollen. Ein Verfahren wegen Irreführung der Rechtspflege werde ich zwar zwangsläufig am Hals haben, doch überstehen. In dem Moment schnappe ich ein Reizwort auf, das mich elektrisiert. Das Wort Journalist lässt mich aufschrecken.

„…, heute Journalist sein soll und sogar ein sehr guter. Der Kollege weiss sogar, weshalb dieser Typ sich als Maulwurf und vermeintlicher Gärtner hier eingeschlichen hat. Um nämlich das Treiben in der Nachbarliegenschaft ihrer Eltern unter die Lupe zu nehmen. Ich kann es kaum fassen, dass ausgerechnet ein Journalist, und erst noch ein Journalist mit einem farbigen Vorleben, mein Kronzeuge sein soll. – Ach, sie sind beunruhigt, dass der ‚Gärtner' sich als Journalist entpuppt und sein Wissen in einem Boulevardblättchen zu einem Skandal im Herzen der Reichen und Schönen aufbauschen könnte. Keine Sorge. Sie brauchen nichts zu befürchten. Lisi Schaffner, so heisst der ‚Gärtner' –

Lisi ist eine Kurzform für Alois – ist an einer spannenden Geschichte dran, recherchiert und hat nicht das geringste Interesse daran, eine anständige Familie in den Dreck zu ziehen. Er musste mir, bevor ich überhaupt ahnte, dass er Journalist ist, hoch und heilig versprechen, von seinem Wissen um das Geschehen bei Ihren Eltern keinen Gebrauch zu machen. Zeugen sollen nun mal nicht ausplaudern, was sie gesehen haben. Zudem weiss ich aus sicherster Quelle, dass er selber gebranntes Kind ist und einen Horror davor hat, wenn anständige Menschen von den Medien in die Pfanne gehauen werden Die Mutter von Schaffner war eine bekannte SP-Politikerin. Als Ratsmitglied war sie für das Schulwesen zuständig und verteidigte von Amtes wegen, wenn immer notwendig und möglich, die öffentlichen Schulen. Lisi hatte als Jugendlicher unter einer Leseschwäche gelitten. Worauf seine Eltern von den Schulbehörden seiner öffentlichen Schule den Rat bekommen hatten, ihren Sohn, Lisi, vorübergehend in eine Privatschule zu platzieren, wo seine Leseschwäche individueller und besser angegangen und überwunden werden könne. Als die Opposition von Frau Schaffner Wind davon bekommen hatte, dass ausgerechnet sie, die SP-Politikerin und Verantwortliche für die öffentlichen Schulen ihren eigenen Sohn in eine Privatschule umplatziert, wurde diese private Angelegenheit viral. In den rechten Medien hämisch kolportiert und im Boulevard zu einem Skandal aufgebauscht. Schaffner, der nun als Sohn von Frau Schaffner, zwar bloss am Rande und als vernachlässigbare Grösse, in den Medien rumgeschleppt wurde, hatte schrecklich darunter gelitten in diesen öffentlichen Diskurs hineingezogen zu werden. Einer meiner beiden Kollegen, die ich heute über Mittag in der Rheinfelder Bierhalle getroffen hatte, ist Harry Killmer, der Lebenspartner von Belinda Schöner."

Ich schlucke leer. Schaffe es, mir von meinem Erstaunen, dass diese beiden Namen, die mir bekannt sind, fallen und ausgerechnet Wachtmeister Pfund diese Leute kennt. Wie klein die Welt doch ist.

„Belinda Schöner", fährt Wachtmeister Pfund fort, „Kennt Schaffner gut. Sie weiss und hat es Killmer gegenüber auch mehrmals betont, dass Schaffner keiner ist, der um Geldes oder eines Primeurs willen andere Leute in die Pfanne haust. Wir können also davon ausgehen, dass Schaffner tatsächlich dicht hält. Wir als Untersuchungshörde haben keine Veranlassung über das Geschehen im Garten ihrer Eltern eine Medienmitteilung zu machen. Es handelt sich um eine Privatangelegenheit, die die Öffentlichkeit in keiner Weise berührt und daher die Öffentlichkeit auch nicht informiert zu werden braucht. Es gehört zwar nicht zur Sache, doch schweife ich gerne etwas ab, falls sie interessiert, was sich in der Nachbarliegenschaft Ihrer Eltern tut …"

15.

„ … Es gehört zwar nicht zur Sache, doch schweife ich gerne etwas ab, falls sie interessiert, was sich in der Nachbarliegenschaft Ihrer Eltern tut …"

Dieser Pfund ist ein Phänomen. Ironie des Schicksals auch, dass ausgerechnet in einer polizeilichen Einvernahme, wo ich zerzaust werden sollte, das Geheimnis gelüftet werden soll, das uns alle beschäftigt seit der monumentalen Renovation und des monumentalen Umbaus der bereits zuvor monumentalen, doch baufälligen Villa im Stil einer Operettenburg à la Spätgotik und Frührenaissance mit Schlosszinnen und Türmchen und dem offensichtlichen Einzug neuer Bewohner. Mamatschi war pikiert gewesen, dass die neuen Bewohner der Nachbarvilla bei ihr keinen Höflichkeits- und Antrittsbesuch abstatteten. Für sie fielen diese neuen Nachbarn aus dem Kreis der Gesellschaft, mit der man Umgang pflegt. „Bestimmt irgendwelche protzigen Ausländer, die nicht wissen, was bei uns Gepflogenheit ist", liess sie mehrmals fallen. Mit einer Grimasse, die Abscheu zeigte. Sie ignoriert solch ungehobelte Nachbarschaft und will nichts mehr davon wissen.

Wir anderen rätseln seit Wochen über das neue Innenleben in der Villa, die vor Renovation und Umbau über Jahrzehnte leer gestanden hatte und immer mehr verlotterte. Wir werweissten amüsiert darüber, welche Zombies nun hier hausen und ihr Unwesen treiben. Ob sich Gespenster der Vergangenheit hier austoben. Ich hatte herausgefunden, dass neuer Eigentümer der Liegenschaft eine Investorengruppe ist, die ihren Sitz in einer steuergünstigsten Region hat und deren Tentakeln bis in Offshore-Finanzplätze reichen. Küde meinte lachend, doch auch wieder im Ernst, meine Idee, dass hier ein Nest von geilen Masters in Ledermonturen lechzende Frauen als Sex-Sklavinnen abrichten, sei absurd. Mapu wiederum ist der Ansicht, dass unbedingt herausgefunden werden müsse, was hier abläuft. Male findet uns unmöglich, dass wir hinter jedem Geheimnis etwas Skandalträchtiges vermuten. Leslie hält die reichen Villenquartiere für total überbewertet und uninteressant. Das wahre Leben spiele sich in den Niederungen der Gesellschaft ab.

Nun wird mir ausgerechnet Wachtmeister Pfund im Rahmen einer polizeilichen Einvernahme des Rätsels Lösung. Die andern werden staunen, was ich zu berichten habe.

„Lisi Schaffner ist ein kluges Bürschchen. Das hatte ich bereits bei unserer ersten Begegnung vor Jahren festgestellt gehabt. Als er noch ein verrückter Rebell, Hitzkopf, Sprayer und Inszenator von öffentlichen Happenings gewesen war. Heute ist seine Fassade, wie man so schön sagt, verbürgerlicht. Ein unauffälliger, engagierter Mann. Wie wahre Erfolgstypen häufig sind. Als stur hatte ich ihn bereits vor Jahren erlebt gehabt. Das muss er auch heute noch sein. Sonst würde er nicht an Dingen, die ihn irritieren so besessen dranbleiben. Er erzählt mir, dass er kürzlich einen ausländischen Kollegen zum Flughafen gebracht hatte. Er und sein Kollege hätten zum Spass über in unseren Fantasien erfundene Leute geblödelt, denen der normale Linienverkehr ein Gräuel ist und die sich Privatjets leisten können und sie sich auch tatsächlich leisten. Nachdem er den Kollegen verabschiedet hatte, hätte ihn der Hafer gestochen und er habe den Terminal für die Privatfliegerei aus Neugierde besucht, um sich schlau darüber zu machen. Als Journalist mit dem entsprechenden Ausweis habe er zu gewissen Räumen Zugang erhalten. Er habe dabei sehen und beobachten können, wie eine recht grosse Maschine auf den Tarmac gerollt und da auf einen Standplatz eingewiesen worden sei. Kaum sei die Maschine zum Stillstand gekommen, sei eine schwarze Luxuslimousine mit verdunkelten Fenstern angerollt und habe neben der Flugzeugtüre angehalten. Die Flugzeugtüre hätte sich geöffnet und eine Treppe sei ausgefahren worden. Nachdem zuerst eine Hostess die Treppe runtergehastet sei, sei ein wohlbeleibter Herr in einem dunkeln Anzug mit Weissem Hemd und Schlips bedächtig die Treppe runtergekommen. Hinter ihm eine schwarz und tief verschleierte Frau, deren Gesicht vom Schleier ebenfalls verdeckt ist und die wie ein wankender Fels dem Mann folgt. Schaffner habe sich dabei gedacht, so, so, das also sind Leute, die im Privatjet herkommen. Damit sei seine Neugierde gestillt gewesen. Er habe sich auf den Heimweg gemacht. Wie durch Zufall, er habe es kaum glauben können, sei er auf der Zufahrt zur Autobahn plötzlich hinter einer schwarzen Limousine gefahren, ohne Zweifel der Limousine, die er zuvor auf dem Tarmac hatte stehen sehen. Nun hätte die Sache begonnen, ihn zu reizen. Er sei der Limousine gefolgt, wiederum aus Neugier. Vor einem riesigen verschlossenen Eingangstor an der Vogelsangstrasse sei die Limousine eingebogen, hätte kurz gewartet, bis die beiden Flügel des Eingangstores sich wie von Geisterhand bewegt geöffnet hätten und sei dann in dem riesigen Park verschwunden. Die Adresse, die Nummer auf dem Nummernschild der Limousine habe er sich gemerkt. Irgendwie habe ihn die ganze Sache nicht in Ruhe gelassen. Er habe es nicht lassen können. Habe spontan und ohne wirkliche Absicht zu recherchieren zu begonnen, gleichsam ins Blaue hinein. Die Limousine gehört einer Autovermietung. Der konkrete Hauseigentümer der im riesigen Park versteckten Villa sei kaum zu eruieren gewesen. Habe sich als eine Holding mit Namen MC und Sitz in einer steuergünstigen Region und Tochtergesellschaften mit Sitz an einem Offshore-Finanzplatz erwiesen. Er sei mehrmals wieder zur Vogelsangstrasse hingefahren, um zu observieren und allenfalls einen weiteren Anhaltspunkt zu bekommen. Einmal habe er einen lindengrünen VW Polo beobachten können, der in die Zufahrt eingebogen sei und dem das Tor geöffnet worden sei. Die Nummer auf dem Nummernschild des VW Polo habe er memoriert. Das Auto gehört einem Cyril Berger. Dabei habe er sich erinnert, dass ein Cyril Berger Spross einer schwerreichen Fabrikantendynastie ist. Dass er Im Handelsregisterverzeichnis als Verwaltungsrat der MC Holding Cyril Berger gesehen hatte. Nun habe die ganze Geschichte ihn so sehr gereizt, dass er sich vorgenommen hätte, der Sache seriös nachzugehen, Cyril Berger um ein Gespräch anzugehen, sobald seine unzähligen Beschäftigungen ihm dies zeitlich zulassen und er wieder etwas mehr Luft zum Atmen hat. Bevor er seinen Plan in die Tat habe umsetzen können, sei ihm ein weiterer Zufall zugeflogen, der ihn echt stutzig gemacht habe. Beim Überfliegen der Tageszeitung, habe eine Stelleninserat ihn stutzig gemacht. Da wird ein Gärtner gesucht. Er habe seinen Kopf darüber geschüttelt, dass Leute auf die Idee kommen, ausgerechnet einen Gärtner über eine Stellenausschreibung in einem Printmedium zu finden. Klar, dass er mit einem Blick sich habe vergewissern wollen, wer diese Leute sind. MC Holding. Chiffre Inserat. Aus Blödsinn habe er sich gemeldet, hätte für das Vorstellungsgespräch einen Termin bei Cyril Berger bekommen. Er habe sich als Randständigen herausgeputzt und einen Lebenslauf mit Drogenkarriere und dem felsenfesten Entschluss, aus der schiefen Ebene wieder festen Boden unter den Füssen zu bekommen. In seiner Jugend habe er einmal eine Lehre als Landschaftsgärtner begonnen, diese dann aber geschmissen. Sein grösster Wunsch aber sei, in einem Garten arbeiten zu können, verbunden mit der Natur. Cyril Berger habe sich durch die eindringlich vorgetragene Geschichte rühren lassen und Schaffner eine Chance eingeräumt. So hat Schaffner sich in dieses Allerheiligste als Maulwurf eingeschlichen, aus Spass, aus Neugierde, ohne Ziel und Absicht. Zur Abwechslung, sagt Schaffner, hätte ihm sogar die Gartenarbeit Spass gemacht. Innert der drei Wochen, die er inzwischen dort arbeite, erzählt Schaffner, habe er einerseits die Bekanntschaft Ihres Herrn Vaters gemacht. Dabei mitbekommen, dass es der Nachbarschaft ein Rätsel sei, was hinter diesen Mauern vor sich gehe. Andrerseits habe er das Vertrauen verschiedener Leute, die in der Villa ein- und ausgehen, gewinnen können und das, was ihm gleichsam nebenher kolportiert worden sei und das er sich habe zusammenreimen können, verifiziert. Um die Katze aus dem Sack zu lassen: MC steht für Modern Clinic. Ja, da staunen sie. Ohne ihr Wissen ist im Nachbarhaus ihrer Eltern eine Klinik eröffnet worden. Doch keine normale Klinik. Auch nicht für hiesige, gewöhnliche Patienten und Patientinnen. Vom weltweiten Ruf unseres Landes profitierend bietet diese Klinik diskret und vor allem in Russland, Rotchina und Saudiarabien ihre Dienste an. Behandelt werden hier Alkoholmissbrauch, Drogenabhängigkeit, Depressionen und Übergewicht. Angepriesen wird nicht Heilung von Krankheit, aber Optimierung des Lebensstils. Eine

Kundschaft wird angesprochen, der Krankheit nicht in ihr Leben passt. Behandelt wird immer nur ein Kunde oder ein Kundenpaar. Es gibt also gleichzeitig nicht mehrere Kunden. Eine Behandlung dauert einen Monat. Während dieses Monats kümmern sich zehn Hilfspersonen um das leibliche, das körperliche und das seelische Wohl des Kunden. Während vierundzwanzig Stunden am Tag und sieben Tagen in der Woche, Tag und Nacht. Die Hilfspersonen sind Butler, Privatkoch, Chauffeur, Fachleute für Aroma- und Kunsttherapie, Musik, Alexandertechnik, Tai-Chi, Massagen, Yoga und Psychotherapie. Ärzte – ausschliesslich berühmteste Professoren der hiesigen Universität – werden bei Bedarf beigezogen. Dank der absoluten Diskretion der Klinik und dank der grossen Distanz der Klinik zur Heimat der Kunden, ist die Klinik immer ausgebucht und ein Riesenerfolg. Cyril Berger hat das ‚One-client-at-the-time-program' erfunden und perfekt vermarktet. Der Grundtarif beträgt 300'000 Dollar im Monat. Gemäss Cyril Berger ist die Skala nach oben offen. Spezielle Wünsche werden in der Regel für einen Zusatzpreis von 25'000 Dollar erfüllt. Diese Modern Clinic ist keineswegs ein Unikum auf dem Medizintourismus-Markt. Dieser Markt für angeschlagene Milliardäre aus Russland, Rotchina und Saudiarabien boomt. Schaffner hat inzwischen, wie er mir gestern gesteht, genügend recherchiert. Wird seine Stelle in wenigen Tagen – noch während der Probezeit – schmeissen und seinen Essai in einer renommierten Zeitung eines Nachbarlandes veröffentlichen, die brennendes Interesse daran bekundet hat. Ich bin sehr gespannt und muss meine Augen offenbehalten, um diesen Essai unbedingt nicht zu verpassen. Entschuldigen sie meinen Exkurs. Ich hatte mir vorgestellt, dass diese Geschichte sie interessieren könnte. Ein Lehrstück darüber, wie gewisse Wirtschaftskreise in unserem Land es schaffen, so diskret tätig zu sein, dass die Öffentlichkeit nichts davon mitkriegen kann. Dabei muss die Öffentlichkeit ein Interesse daran haben, was sich bei uns wirtschaftlich tut. Ein Phänomen, dass so viele Leute daran verdienen und dennoch nichts durchsickert. So, nun zurück zu unserem Fall ..."

16.

„…So, nun zurück zu unserem Fall. Das Protokoll habe ich bereits vorbereitet. Sie können es in Ruhe durchlesen, mir sagen, was ich allenfalls falsch mitbekommen habe. Wir wollen ja, dass alles stimmt. Oder etwas nicht! Der Fall – entschuldigen Sie die prosaische Ausdrucksweise – ist für mich mit Ihrer Unterzeichnung des Protokolls erledigt. Weitere Untersuchungen, Einvernahmen, Befragungen von weiteren Personen erübrigen sich. Ich muss nur noch die schriftlichen Untersuchungsberichte der Spurensicherung und der Ärzte im Spital abwarten, um den Fall abschliessen zu können. Ich werde ihnen, sehr wahrscheinlich schon sehr bald, mitteilen, dass die Leiche zur Bestattung freigegeben ist. Bis dahin würde ich an ihrer Stelle im Spital anfragen, ob Besuche bereits möglich sind, und mit sonstigen Behördengängen noch zuwarten. Die behördlichen Mühlen mahlen manchmal etwas langsam", fügt er grinsend hinzu und fährt dann fort, „Sie rutschen so unruhig hin und her. Was drückt ihnen auf die Seele?"

Ich bin ganz verwirrt. Das soll es gewesen sein. Anstatt selber auf dem Schafott zu enden, erfahre ich Dinge, die ich mir nie hätte träumen lassen. Ist es möglich, dass ich ungeschoren davon komme? Ich muss dessen sicher sein.

„Ich hatte sie, wie sie herausgefunden haben, angelogen, Spuren vermeintlich beseitigt. Was ich getan habe, ist nicht zu entschuldigen. Es ist mir schrecklich peinlich, dass ich, als Jurist, klar der Irreführung der Rechtspflege schuldig gemacht habe und sie, Herr Wachtmeister Pfund, ein Verfahren gegen mich eröffnen müssen. Sie brauchen mich nicht zu schonen. Ich stehe zu dem, was ich getan habe. Verheimliche nichts."

„So, so, Herr Bilgeri. Wem ist gedient, wenn ich sie vor den Richter zerre und beantrage, Kopf ab? Entschuldigen sie, ich weiss, ich weiss, es ist unziemlich, in einer solchen Situation zu scherzen. Spass beiseite. Sie haben meine Untersuchung und die Untersuchungen der Spurensicherung in keiner Weise behindert. Den wahren Sachverhalt habe ich vielleicht ein, zwei Stunden später herausgefunden, als wenn sie ihn mir von Anfang an wahrheitsgemäss geschildert hätten. Damit können sowohl unser Rechtssystem, als auch ich leben. Müsste ich den Exkurs über ihre Lügen und die Lügen ihrer Frau Schwester zusätzlich protokollieren, würde das Protokoll schlicht zu lang. Ich schätze es, wie sie offen mit mir kommunizieren. Richten Sie bitte ihrer Frau Schwester und auch ihrer Noch-Ehefrau und ihrer Lebenspartnerin aus, dass aus untersuchungstechnischer Sicht keine Notwendigkeit besteht, weitere Personenbefragungen durchzuführen. Dass sie unbehelligt bleiben. Wie haben ihre beiden Töchter auf das schreckliche Geschehen reagiert?"

„Lilly, die Tochter, mit der und deren Mutter Leslie ich zusammenlebe, will kein Wort darüber verlieren. Meine Noch-Ehefrau Mapu hatte ich gestern noch angerufen, um mich nach ihrem ergehen und dem von Eve zu erkundigen. Auch Eve will nicht darüber reden. Beide Töchter sind fünf Jahre alt. Wer weiss, was in Ihren Köpfchen abgeht. Ich werde, bevor ich nachhause gehe, rasch bei Mapu und Eve vorbeischauen. Mapu und ich befinden uns seit Jahren in einem Scheidungskampf, doch …"

„Ich weiss."

„… wir verstehen uns nach wie vor blendend. Die Töchterchen sind auch meine grösste Sorge, wie sie das Erlebte verarbeiten und …"

Das Telefon klingelt. Wachtmeister Pfund gibt mir mit einem Blick zu verstehen, dass er den Anruf annehmen müsse. Innerlich schnaufe ich auf. Bin so sehr erleichtert. Spontan jedoch irritiert mich die Bemerkung Pfunds, die ich im Moment, wo er sie gemacht hatte, überhaupt nicht wirklich wahrgenommen und bedacht hatte. Wer hat Pfund über meinen inszenierten Rosenkrieg mit Mapu erzählt? Weiss Pfund tatsächlich alles über mein Scheidungstheater? Was denkt er mit all seinem Wissen über mich. Ich schäme mich so sehr bei der Vorstellung, dass andere erfahren, in welche tatsächlich unwürdigen Machenschaften, die ich mir nicht einmal selber eingebrockt habe, ich verwickelt bin. Ich stelle mir vor, dass sie mich als Hampelmann und Feigling verspotten und verachten müssen.

Am Rande, neben meinem Gedankengewitter, bekomme ich mit, wie Pfund zufrieden lächelt und mit offensichtlich beruhigender Stimme sagt, „ist schon gut, ist schon gut, ich werde sie empfangen. Führen sie sie herein. Nein, nein, ist alles okay, schliesslich …"

In dem Moment, bevor Pfund seinen Satz beendet hat, wird die Bürotüre mit Geräusch aufgestossen. Im Türrahmen taucht Male auf. Hinter ihr ist Mirjam Stöckli zu sehen, die in Richtung Pfund mit den Schultern zuckt und eine Grimasse macht, um ihre offensichtliche Machtlosigkeit zu signalisieren. Male schafft es einmal mehr, trotz des geradezu gewaltsamen Einbruchs oder Vordringens in Pfunds Büro gleich wieder in die Pose einer Unschuld vom Lande zu mutieren, die Plastiktüte der Confiserie Gümpli demonstrativ verstohlen vor sich haltend. Sie beginnt ruhig, gefasst und an sich sachlich zu reden.

„Herr Wachtmeister Pfund, entschuldigen Sie bitte mein Eindringen in Ihr Allerheiligstes. Ihre Empfangsdamen habe ich schlicht überrollt, weil es mir keine Ruhe lässt, wie ich sie schamlos angelogen habe. Ich will Ihnen haargenau erzählen, wie es gewesen ist. – Störe ich? Adi, mein armer Adi!"

Bei diesen Worten stürzt sie sich auf mich. Umarmt und verküsst mich. Steht dann auf, um sich lächelnd vor Wachtmeister Pfund aufzupflanzen.

„Ich mache immer alles falsch. Weshalb bloss habe ich bei Gümpli diese Pralinen für sie gekauft? Als ob ich sie auf so lächerliche Weise bestechen wollte. Hier. Frau Stöckli …"

Dabei wendet Male sich zu Mirjam Stöckli um, die noch immer im Türrahmen steht und die Szene verfolgt. Male drückt Mirjam Stöckli die Plastiktüte mit dem süssen Inhalt in die Hand.

„Etwas Süssigkeiten zu ihrem Pausenkaffee! Herr Wachtmeister Pfund, Es ist unverzeihlich, dass ich sie angelogen habe. Adi ist unschuldig. Er weiss nicht, dass ich das Geschehen beobachtet hatte. Nicht nur ich. Meine Noch-Schwägerin Mapu und meine Nichte Eve waren bei mir …."

Wachtmeister Pfund lässt sich nicht aus der Ruhe bringen. Ich sehe den Moment gekommen, um selber Klarheit schaffen zu müssen. Ich springe auf und beginne, auf Male einzureden.

„Male, Wachtmeister Pfund weiss alles. Er ist so grosszügig, über unsere Lügen – ja, ja, auch ich hatte ihn angelogen – hinwegzusehen. Den Tathergang hat er …"

Diesmal unterbricht Wachtmeister Pfund mich. Während er sich erhebt und auf uns zukommt, sagt er, „Herr Bilgeri, unser Gespräch war ja zu Ende gewesen. Wenn es ihnen recht ist, gebe ich ihnen meinen Protokollentwurf mit und sie lesen ihn in aller Ruhe in Frau Stöcklis Büro durch. Wenn das Protokoll ihnen zutreffend erscheint, unterschreiben sie. Möchten sie Berichtigungen sagen sie es Frau Stöckli. Miri, kannst du derweil Frau von Falkenburg einen Kaffee geben und sie in deinem Büro warten lassen, bis Herr Bilgeri mit dem Protokoll zu Ende ist. Ihr Bruder, Frau von Falkenburg wird sie dann über unser Gespräch informieren. Sie können beruhigt sein, für die Untersuchungsbehörde ist der Fall erledigt. So, nun habe ich noch anderes zu tun. Sie entschuldigen. Danke Ihnen. Und alles Gute."

Mit diesen Worten schiebt Wachtmeister Pfund uns aus seinem Büro hinaus.

Und was ist, wenn ich mich – wenn auch nur
halb – irre?.
   Maxim Biller (geboren 1970), Die neuen
   Relativierer, Feuilleton DIE ZEIT No. 36 vom
   2. September 2021, S. 48

17.

Male und ich retten uns ins Sicuro. Nach meiner Unterzeichnung des Protokolls von Wachtmeister Pfund, das in allen Punkten sachlich und präzise ist. Um uns einen wohlverdienten Drink zu genehmigen.

Auf dem kurzen Fussweg ins Sicuro rufe ich auf meinem Handy das Spital an, um mich nach dem Zustand von Mamatschi zu erkundigen. Ob man sie besuchen könne. Male ist mir total dankbar. Erklärt, das habe sie ebenfalls tun wollen. Während ich die Nummer wähle und beim Klingelton warte, bis endlich jemand meinen Anruf beantwortet, schiesst mir einmal mehr durch den Kopf, wie klein doch die Welt ist. Welch ein Zufall, dass Wachtmeister Pfund ausgerechnet das Gespann Killmer-Schöner kennt. Ich frage mich auch, woher er diese beiden kennt. Dass man nie so absolut sicher sein kann, dass nicht alle alles über einen wissen. Dann meldet sich eine Stimme, ich werde mit der Intensivstation verbunden und bekomme die Auskunft, Mamatschi gehe es den Umständen entsprechend gut. Ab morgen seien Besuche möglich. Male und ich entschliessen uns, beide morgen Mamatschi zu besuchen.

Im Sicuro widmen wir uns je einem Pastis. Prosten uns zu. Ich informiere Male über mein Gespräch mit Wachtmeister Pfund. Sie nimmt alles brav zur Kenntnis. Reagiert auf nichts. Scheint irgendwie geistesabwesend. Nachdem ich ausgeredet habe und sich kein anschliessendes Gespräch ergibt, will ich bezahlen, doch Male bestellt noch eine Runde Pastis für uns.

Ich versuche mir auszumalen, was Male so sehr beschäftigen könnte, dass sie so überhaupt nicht kommunikativ ist. Wieder fällt mir ein, dass sie sich Sorgen darüber machen könnte, dass das Geschehen in den Medien zu einem Skandal aufgebauscht werden und ihr hochkarätiger Verlobter Harald Willmer abspringen könnte

„Du brauchst dir wirklich keine Sorgen zu machen. Wie ich dir gesagt habe, in den Medien wird nichts berichtet werden. Harald braucht sich deiner nicht zu schämen und wird sich von dir nicht distanzieren müssen."

„Wie kommst du bloss auf eine so absurde Idee, dass zwischen Harald und mir wegen dieser Geschichte Schwierigkeiten entstehen könnten! Kleiner, Kleiner, du bist so naiv. Mich bedrückt, dass ich so unbeholfen bin und dich in unserer schwierigen Situation so überhaupt nicht werde unterstützen können. Papi tot, Mamatschi schwer verletzt und wohl über längere Zeit nicht ansprechbar. Falls sie überhaupt überleben wird. Da gibt es im administrativen und finanziellen Bereich so vieles zu erledigen. Mamatschi ist auch nach wie vor Beiständin meiner lieben Alexa. Es ist mir total arg, dass du alleine dich um alles wirst kümmern müssen, weil ich, ich schwebe in anderen Sphären. Versage in praktischen Dingen."

Ich staune. So ehrlich und offen habe ich meine Oberschwester Sauerampfer noch nie erlebt. Irgendwie ist sie bisher immer auf dem hohen Ross dahergekommen. Nun endlich, stelle ich fest, können wir auf Augenhöhe verkehren. Ich kann ihr gestehen, dass mich, was mich irritiert, der Tod von Papi und der Zustand von Mamatschi irgendwie überhaupt nicht berühren. Dass ich, im Gegenteil, wie erleichtert bin. Daher bestens funktionieren kann. Insbesondere nachdem ich von Wachtmeister Pfund erfahren habe, dass die Untersuchung abgeschlossen ist, der Fall strafrechtlich erledigt ist. Male lächelt traurig, streichelt meine rechte Hand, nickt, um mir zu kommunizieren, dass sie meine Gefühle teilt. Dann bestellt sie uns eine dritte Runde Pastis.

Mapu teile ich per SMS mit, dass ich kurz bei ihr reinschauen werde, um sie über die neuste Entwicklung zu informieren, und Leslie schreibe ich, dass ich noch kurz bei Mapu reinschauen werde und mich vergewissern will, dass es ihr und Eve gut geht, dann zum Nachessen nachhause kommen werde. Leslie bittet mich, von unterwegs etwas zum Essen nachhause zu bringen. Zum Glück fällt mir gerade ein, dass wir schon lange einmal Pies in diesem neuen Pie-Shop im Viadukt, von denen die Frau von Küde so geschwärmt hatte, versuchen wollten. Nach dem Besuch bei Mapu und Eve werde ich dort vorbeigehen können. Leslie hat, wie sie schreibt, eine Flasche Pink Champagne kalt gestellt. My dear Honey-Bear, you have to relax, schreibt sie. Leslie ist ein Schatz. So einfühlsam und weiss immer, was zu tun ist.

18.

Ich bin total durchgenudelt und geschafft vom Gespräch mit Wachtmeister Pfund und von der Sauferei mit Male. So treffe ich vor der Wohnung von Mapu ein. Klingle, wie ich es immer tue, zweimal. Warte einen Moment und horche mit einem Ohr an der Eingangstüre, ob Mapu oder Eve sich nähern, um mir die Türe zu öffnen. In der Wohnung scheint sich nichts zu regen. Also öffne ich die Türe mit dem Schlüssel, den Mapu mir anvertraut hat, und trete ein.

Kaum habe ich die Wohnung betreten und die Wohnungstüre hinter mit geschlossen, vernehme ich, wohl aus Mapus Büro, ein Gebrabel. Ich erinnere mich sogleich, dass sie gestern Abend etwas von einer Videokonferenz gesagt hatte. Ich gehe durch den Korridor. Die Türe zum Kinderzimmer steht offen. Eve liegt bäuchlings neben ihrem Bett am Boden und schaut das Bilderbuch an, das ich ihr neulich geschenkt hatte. Eve hat mich noch nicht wahrgenommen. Ich kann ihr über die Schultern gucken und sehen, dass sie eine Seite aufgeschlagen hat, auf der Pinguine ihr Unwesen treiben. Erst als ich glucksend lächeln muss, nimmt sie mich wahr. Wendet sich um zu mir. Stürzt sich in meine Arme, um sich herzen und küssen zu lassen. Auch sie gibt mir, meinem Beispiel folgend, Küsschen auf beide

Wangen, meine Stirne, die ich zu ihr runter halten muss, und dann auf meine Nase.

Ich frage, ob sie Hunger hat und etwas essen möchte. Sie nickt und trottet, meine herunterhängende Rechte fest umschlungen neben mir her in die Küche. Ich weiss, dass sie als Brotaufstrich Tomatenpuree aus der Tube liebt. Zu meinem Erstaunen protestiert sie lautstark. Rot sei schrecklich, wie Blut! Sie zieht sich abrupt in ihr Zimmer zurück und schliesst, was sie sonst nie tut, die Zimmertüre. Als ich sachte anklopfe und frage, ob sie keinen Hunger mehr habe, ob alles in Ordnung sei, und dabei die Zimmertüre aufstosse, sehe ich, wie Eve in der Mitte ihres Zimmers am Boden hockt, in einer Hand ihre Puppe hält, in der anderen einen länglichen Gegenstand, einen Farbstift, und mit dem Farbstift wie ein Roboter auf den Kopf ihrer Puppe haut. Dabei keine Miene verzieht.

Unvermittelt schaut sie. Gewahrt, dass ich sie beobachte. Wohl auch meinen irritierten Gesichtsausdruck. Sogleich wirft sie Puppe und Farbstift weg. Erhebt sich. Trippelt rasch auf mich zu. Umarmt mein rechtes Bein heftig. Schmiegt ihr Gesicht an meinen Oberschenkel. Ich knie nieder. Eve löst ihre Umklammerung. Lässt sich von mir in die Arme nehmen. Ich drücke sie fest an mich.

„Möchtest du mir etwas erzählen", frage ich.

Einen Moment lang bleibt es still. Nichts rührt sich. Dann entwindet Eve sich meiner Umarmung, rennt fröhlich und beschwingt ein paar Schritte weg und verkündet, sie habe schrecklich Hunger. Sie möchte ein Brot mit Nutella.

„Du weisst, Mutti hat überhaupt keine Freude, wenn ich Nutella auf dein Brot schmiere."

„Lilly hat gesagt, dass du ihr immer Nutella aufs Brot schmierst, wenn Leslie es nicht sieht. Ich will Nutella. Sonst bist du gemein. Ich sage nichts zu Mutti. Versprochen."

Mapu hat die Nutella-Dose im obersten Gestell des hohen Küchenschranks platziert. Eve kann sie bloss ergreiffen, wenn sie mit einem Stuhl auf die Ablage steigt und sich voll ausstreckt. Nachdem ich die Nutella-Dose wiedere an ihrem Platz verstaut, Lillys Mündchen von den Nutella-Spuren gesäubert hatte und Lilly nun ein Glas Wasser trinkt, taucht Mapu plötzlich in der Küche auf. Eve stürzt den Rest des Wassers runter, stellt das geleerte Glas auf die Ablage neben dem Schüttstein. Mapu stösst kopfschüttelnd und grinsend hervor, „So, so, ihr Schlaumeier!". Eve schaut Mapu mit grossen Augen an und verschwindet wortlos in ihr Zimmer. Mapu umarmt mich, drückt mich fest an sich und tätschelt meine rechte Wange. Ich wundere mich, wie Mapu sich unseren Wortschatz und selbst besondere Ausdrücke und Redensarten perfekt angeeignet hat und so erstaunlich formuliert. Wohl eine Folge davon, dass sie gleich nach ihrer Ankunft hier neben dem offiziellen Deutschkurs in der Volkshochschule einen Kurs besuchte, um den hiesigen Dialekt von der Pike auf zu lernen. Inzwischen spricht sie unseren Dialekt so fliessend, dass Unbekannte fraglos annehmen, sie sei hier geboren und aufgewachsen. Jedoch wegen einer bestimmten Färbung ihren Dialekt als nicht ursprünglich von hier erkennen, doch nicht regional lokalisieren können, woher sie tatsächlich stammt.

„Entschuldige, dass ich zu beschäftigt bin, um mich ganz dir zu widmen, wo ich es so gerne wollte. Doch Eve und du scheint die Zeit ohne mich ja gut genutzt zu haben. Sie will nicht reden. Ich meine, wir sollten sie in Ruhe lassen. Ich habe auch bloss wenig Zeit. Ich sollte dringend zurück an meine Arbeit. Mister McDowell der Chefredaktor in London, mit dem ich dieses Video-Gespräch hatte, ist begeistert von meinem Artikel und wünscht bloss unwesentliche Änderungen, doch sollte ich diese so rasch als möglich abliefern. Wie geht es dir, mein Lieber? So schrecklich. Mamatschi im Spital. Papi tot. Ich kann es kaum glauben. Sag bitte, wenn ich Male und dir etwas helfen kann. Sobald ich den Artikel abgeliefert habe, kann ich ganz für euch da sein. Ich weiss, es ist höchst unsensibel, dass ich dich hinauskomplimentiere, ohne dir auch nur einen Kaffee oder einen Whisky anzubieten. Doch ich bin schrecklich unter Druck. Ja, was ich dir noch erzählen muss. Unmittelbar vor dem angekündigten Videogespräch mit London hatte Belinda, du weisst schon, Belinda Schöner, meine Freundin mich angerufen und mir diese Geschichte erzählt, die ich dir unbedingt …."

Ich wundere mich, dass Mapu, die mich während ihrer Worte sachte, doch bestimmt aus dem Wohnzimmer in Richtung Korridor und Wohnungstüre schiebt, die sonst so kontrolliert und zielbewusst ist, kaum etwas ohne Grund tut, jetzt plötzlich noch Zeit hat, mir im Korridor, kurz bevor sie mich rausbuxiert, ihren Freundinnen-Tratsch aufzutischen. Was die Mädels, in diesem Fall Mapu und Belinda, jeweils zusammen quatschen, ist, gelinde gesagt, für mich nicht von Belang.

Dabei realisiert Mapu nicht einmal, dass sie mir Belinda nicht vorzustellen braucht. Ich schon längst weiss, was es mit Belinda auf sich hat, wer Belinda ist und dass sie, Mapu, mit ihr, einer liebenswerten Ikone des Journalismus nicht bloss aus beruflichen Gründen bekannt, aber privat seit Jahren eng befreundet ist. Diese Belinda, die ein toller Mensch ist, hat auch eine öffentliche Seite, steht, eben als Ikone, im Rampenlicht und kam neulich in einer Angelegenheit, die auch mich umtrieb, furchtbar ins Gerede.

Jeder an Klatsch & Tratsch und Kultur interessierter und des Lesens von Printmedien mächtiger oder in den Social Media surfender Mensch kennt Belinda Schöner. Jeder Mensch kam bei tagelangem Medienwirbel nicht umhin mitzubekommen, wie Belinda Schöner als mutige Frau mit einem unsäglichen Shitstorm auf den sozialen Medien bedacht worden ist.

Auf der Bühne unseres Schauspielhauses inszenierte irgendeine Regisseurin irgendeinen Roman irgendeines Autors aus irgendeinem fremden Land mit der Thematik der hyper-trendigen Gender- und Fieser-Weisser-Mann-Fragen. Die Regisseurin hatte die Knaller-Idee, parallel zum eigentlichen Stück mit Text auf der Bühne eine Pornodarstellerin und einen Pornodarsteller einen Live-Fick vorführen zu lassen. Wie skandalös, wie schockierend! Irgendeine Kulturjournalistin im kulturell höchststehenden Blatt unserer Stadt faselt auf einer ganzen Seite daher, wie verstörend es für das Publikum gerade in Zeiten sei, wo Porno allgegenwärtig ist. Live-Sex auf der Bühne sei mit grösster Wahrscheinlichkeit als Weltpremiere zu sehen. In der Live-Fickerei auf der Bühne sei eigentliche Performativität zu erleben. Dies als Mittel zur Selbstreflexion und so weiter blablabla et cetera. Dabei vergisst die Kulturjournalistin, auf den textlichen Inhalt der Aufführung und auf die Umsetzung des Romans einzugehen. Als ich diese Kritik lese, denke ich spontan, so ein Schrott! Die Aufführung und deren Kritik!

Spontan springt mir auch eine Erinnerung von vor Jahren
....

19.

Spontan springt mir auch eine Erinnerung von vor Jahren aus New York ins Bewusstsein. Ich lümmle ziellos im Zentrum von Manhattan herum. Meine Verabredung mit einem Freund in einer Bar ist erst in einer Stunde. Leichter Regen. Es ist kühl. November eben. Nicht unbedingt das Wetter, um sich draussen herumzutreiben. Um zurück ins YMCA zu gehen und im Zimmer etwas zu lesen, reicht die Zeit nicht. Mein Geld ist etwas knapp. Ich muss mit jedem Cent rechnen. Besuche ich jetzt bereits eine Bar, werde ich bestimmt schon zwei Bier trinken, was mehrere Dollar kosten wird. In dem Moment fällt mein Blick auf die Anzeige am Gebäude, vor dem ich stehe. „Film and Live-Show for 75 Cents". Ich stehe vor einem Kino mit Pornofilmen. Die klare Einladung, für 75 Cents die Zeit bis zu meiner Verabredung an einem warmen Ort zu überbrücken, kommt mir durchaus gelegen. Diesen Spass leiste ich mir.

Im grossen Kinosaal sind ausschliesslich, wie ich im Flimmerschein des Films trotz Dunkelheit vage erkennen kann, die hintersten zwei, drei Reihen besetzt. Ausschliesslich, wie ich wahrzunehmen glaube, von fiesen alten weissen Männern. Ich setze mich, wie ich es gerne mache, vorne als einziger in die dritte Reihe.

Vaginas, Penisse in Grossformat und ewiges Gerüttel und Geschüttel. Langweilig bis zum Geht-nicht-mehr. Dafür sitze ich im Trockenen und die Zeit vergeht. Der Film ist zu Ende. Die Leinwand wird hochgezurrt. Alle Besucher der hinterster Reihen stürzen nach vorne und nehmen jetzt in den ersten Reihen vor mir und neben mir Platz. Hinter der Leinwand kommt ein Theatervorhang zum Vorschein.

Der Theatervorhang öffnet sich. Scheinwerferlicht auf die Bühnenmitte. Von einer Seite her tänzelt eine Frau, bloss bedeckt mit einem Fix-Leintuch auf die Bühne. Von der andern Seite her, marschiert ein nackter Mann auf die Bühne, zieht eine Matratze hinter sich her. Platziert die Matratze in die Mitte der Bühne. Die Frau entledigt sich des Fix-Leintuchs, zieht es über und befestigt es an der Matratze. Beide stehen vollständig nackt da und lächeln in den Zuschauerraum. Dann wenden sie sich einander zu. Legen sich auf die Matratze und ficken, was das Zeugs hält. Nach einer gewissen Zeit hören, sie mit Ficken auf, stehen auf verneigen sich für das Publikum, das anständig applaudiert, und verschwinden hinter der Bühne. Der Vorhang schliesst sich. Das Scheinwerferlicht geht aus. Die Leinwand kommt runter.

Alle Männer rund um mich herum stehen auf und hasten in die hintersten Sitzreihen des Kinosaals. Der Film geht weiter. Dieser Wechsel vollzieht sich alle 10 Minuten.

Am Morgen hatte ich mir eine Zeitung gekauft gehabt. Amüsiere mich während meines Frühstücke im Howard Johnson neben dem YMCA beim Lesen köstlich über einen Zeitungsartikel. Empört wird geschrieben, wie die Präsidentengattin in einem Interview die konkrete Frage bejahte, ob sie ihren (nota bene volljährigen) Töchtern erlauben würde, vor der Heirat mit einem Verlobten oder Freund in eine Wohnung zusammenzuziehen. Sie sagte noch, ihre Töchter seien volljährig. Sie hätten dies selber zu entscheiden und sie würde deren Entscheid akzeptieren. Im Artikel entlädt sich Empörung über die lockere Moral der Präsidentengattin, die den Moralvorstellungen der Bevölkerung total zuwider laufe. Bei diesem Graben zwischen der Moral des Volkes und der lockeren Moral der Präsidentengattin müsste ernsthaft in Betracht gezogen werden, ob ein Präsident, der mit einer moralisch so verkommenen Frau verheiratet sei, seine Konsequenzen ziehen und zurücktreten müsse. Und jetzt sitze ich im Pornokino mit Live-Sex auf der Bühne in diesem Land, wo das Volk so durch und durch moralisch ist. Und mein Tabubruch ist sogar der billigste Zeitvertreib, den ich mir vorstellen kann.

Zurück zur Kritik dieser Aufführung in unserem Schauspielhaus und der Feststellung der Kulturjournalistin, dieser Live-Sex auf einer Bühne sei mit grösster Wahrscheinlichkeit eine Weltpremiere …

20.

Zurück zur Kritik dieser Aufführung in unserem Schauspielhaus und der Feststellung der Kulturjournalistin, dieser Live-Sex auf einer Bühne sei mit grösster Wahrscheinlichkeit eine Weltpremiere. Ich schüttle mein weises Haupt ob dieses beliebigen Geschwätzes im so genannten Qualitätsjournalismus, wo Kommentare, Prophezeiungen, Belehrungen, Wiederholungen, Skandalisierungen, Verunglimpfungen à gogo und hirnrissige Schlagzeilen oft dominieren. Dann entdecke ich in den sozialen Medien zufällig einen Beitrag zu eben dieser Theateraufführung und dieser Kritik.

Ich schüttle meinen Kopf über diese 'Kritik', die diese Bezeichnung nicht verdient. Es dreht sich darin alles um die Live-Sex-Szene auf der Bühne. Für mich ist das ein inszenierter Skandal, um sehr wahrscheinlich kurzfristig das falsche Publikum in den Theatersaal zu locken. Das Gefasel um Gender und den fiesen weissen Mann mutet trendig und konstruiert an. Das hat man schon zu oft gehört. Dennoch stelle ich mir die Frage, ob man als reifer Mensch sich nicht dem vorbehaltlos stellen soll, was Junge produzieren, was ihrem Lebensgefühl und ihrer Botschaft entspricht. Wenn ich enttäuscht bin, dass auf den bekannten Bühnen oft bloss noch (beinahe ausschliesslich) Experimentelles geboten wird, ist das mein

Problem. Selbst wenn ich zur Feststellung gelange, dass das, was mir heute auf Bühnen geboten wird, meinen intellektuellen Ansprüchen in keiner Weise genügt. Dass das endlose Nachgeplapper von Trendigem zu einem Klamauk für eine anspruchslose Spassgesellschaft wird. Porno ist heute, nehme ich an, courant normal und schockiert niemanden mehr. Hat den Stachel, der einen in Schockstarre versetzt oder die Sinne wohlig kitzelt, eingebüsst. Dass Porno hier mit Getöse aus dem stillen Kämmerlein (oder den düsteren Porno-Kinos) ins grelle Rampenlicht (dies ist metaphorisch zu verstehen, da auf der Schauspielhaus-Bühne, wie einem Foto zu entnehmen ist, farbiges Schummerlicht herrscht) gezogen wird hat für mich eindeutig etwas betschwesternartig Schulmeisterliches. Das unaufgeklärte Publikum soll seinen inneren Schweinehund endlich erkennen. Die aufgeklärten Macher leisten gute Dienste am unaufgeklärten Publikum, das noch ach so verklemmt ist. Das Publikum soll die Worthülsen der Aufführung an sich runterplätschern lassen und endlich erkennen, wie viehisch es ist! Ich stelle mir vor, im Publikum zu sitzen, festzustellen, dass diese Live-Fickerei auf der Bühne nie an einen echten Porno-Film rankommt. Dennoch erregt die Nacktheit mich. Doch wichsen kann ich nicht. Weil ich im Publikum sitze. Oder höchstens, wenn ich unter den Kleidern heimlich wichse. Hahaha, bin ich wieder mal geistreich! Und zufällig hat die Kritikerin vergessen, wie die Umsetzung des Romans auf der Bühne funktioniert und geflissentlich die heisse Frage umschifft, ob es Sinn macht, das Medium für die Erzählung zu ändern, das ein Autor bewusst gewählt hat und in dem eine Erzählung perfekt funktioniert.

Dieser Beitrag in den sozialen Medien ist verfasst von, na, von wem wohl, klar: Belinda Schöner, der Freundin von Mapu. Ich freue mich echt, dass Mapu mit einer so mutigen

Frau befreundet ist. Dass Belinda Schöner, was ich ja bereits gewusst hatte, nicht bloss in einer Boulevard-Zeitung eine Sex-Kolumne initiiert hat und als Sex-Tante der Nation zu landesweiter Berühmtheit gelangt ist. Mapu hatte mir auch erzählt, dass Belinda gleichzeitig als sehr kompetente und begehrte Korrespondentin verschiedener ausländischer Zeitungen tätig ist.

Wegen dieses Beitrags von Belinda in den Social Media geht ein Shitstorm los, der von den übrigen Medien aufgegriffen, aufgebauscht und skandalisiert wird. Im Nu diskutiert Krethi und Plethi darüber … Ja, worüber eigentlich. Man teilt sich, sich gegenteilig beschimpfend und verachtend, in zwei Lager, die, die voll und ganz hinter Belinda Schöner stehen, und die, die die öffentlichen Äusserungen von Belinda Schöner total daneben und skandalös finden und verlangen, dass sie sich öffentlich entschuldigt und sich unbedingt aus der Öffentlichkeit zurückzieht, nie mehr ihre Klappe in der Öffentlichkeit öffnen darf. Sich möglichst in ein Kloster zurückzieht.

Ich neige zu bescheidenen Übertreibungen. Doch den grossen Zügen nach trifft das, was ich erzähle zu.

Belinda Schöner und Harry Killmer bin ich mehrmals schon bei Mapu begegnet und habe sie immer als attraktive, aufgeweckte und sympathische Person erlebt. Doch, was die Mädels, in diesem Fall Mapu und Belinda, jeweils zusammen quatschen, ist, gelinde gesagt, für mich nicht von Belang.

21.

Beim Gedankengeschwrubel in meinem Kopf stehe ich noch immer, von Mapu geschoben im Korridor, während Mapu plötzlich, obwohl sie so unter Zeitdruck ist, plötzlich Zeit findet, ihren Frauentratsch mit mir zu teilen, Atem holt und anscheinend zu etwas Längerem ausholt.

„Unmittelbar vor dem angekündigten Videogespräch mit London hatte Belinda, du weisst schon, Belinda Schöner, meine Freundin mich angerufen und mir diese Geschichte erzählt, die ich dir unbedingt ...."

Was die Mädels, in diesem Fall Mapu und Belinda, jeweils zusammen quatschen, ist, gelinde gesagt, für mich nicht von grösstem Belang.

Ich versuche deshalb das Gespräch mit einer sachlichen Mitteilung zu Ende zu bringen und Mapu zu erlösen.
„Der Fall ist klar, die polizeilichen Ermittlungen sind abgeschlossen. Mamatschi im Spital. Papi tot. Laut Auskunft des Spitals können Male und ich Mamatschi morgen im Spital besuchen. Sie liegt auf der Intensivstation. Am Montag dann die üblichen Behördengänge. Ich will dir bloss mitteilen, dass die Polizei darüber informiert ist, dass du und Eve die Gewalttat aus der Stube von Male beobachtet habt

und dann verschwunden seid. Ich nehme an, dass du deswegen nicht mehr behelligt wirst. Die Polizei kennt den genauen Tathergang. Was mich aber total irritiert ist die Tatsache, dass die Polizei von unserem Scheidungsverfahren weiss. Weil du Belinda und Belinda Harry alles weitererzählt. Was lachst du?!"

„Du willst mir unbedingt nicht zuhören. Es dreht sich um etwas, das ich dir echt nicht vorenthalten will. Harry Killmer. war, bevor er sein politisches Amt bei der Kindesschutzbehörde übernommen hat, Polizist gewesen. Und nun kommt der erste Clou. Im Team mit Wachtmeister Sepp Pfund, mit dem er noch heute befreundet ist. Der zweite Clou: Heute über Mittag trafen Wachtmeister Pfund und Harry sich zum Mittagessen in der Rheinfelder Bierhalle, zusammen mit dem rasenden Reporter Bobby Renner, mit dem beide befreundet sind. Ach, du weisst es bereits? Ja, ja, von Wachtmeister Pfund, nehme ich an. Doch du sollst dir dennoch anhören, was ich dir zu berichten habe. Bobby Renner hatte anscheinend etwas davon läuten gehört, dass es an der Vogelsangstrasse im Rahmen eines Familienzwists zu einer Gewalttat gekommen sei. Harry Killmer habe einfach so fallen lassen, hoffentlich nicht bei den Schwiegereltern von Mapu, einer Freundin von Belinda, den Bilgeris. Just in dem Moment, als Harry Killmer das gesagt habe, sei Bobby Renners Blick auf Wachtmeister Pfunds Gesicht geruht. Dabei habe er in dessen spontaner Mimik erkannt, dass dieser auf den Namen Bilgeri reagiert habe. Worauf Bobby Renner Wachtmeister Pfund an den Kopf geworfen habe, er habe sich verraten. Die Gewalttat sei bei Bilgeris vorgefallen und womöglich sei er, Pfund der untersuchende Polizist. Pfund habe gesagt, dazu könne, dürfe und wolle er nichts sagen, was seine beiden Freunde durchaus begriffen hätten, sich aber nicht davon hätten abbringen lassen, ihr vielfältiges

Wissen über den Bilgeri-Clan auszutauschen. Bobby Renner hätte belustigt zum Besten gegeben, dass die Tochter der Bilgeris, diese Amalie von Falkenburg, über die in allen Klatschkolumnen über die High Society am Liebsten berichtet werde, sei in Wahrheit der grosse Schrecken aller Luxus-Geschäfte und –Boutiquen. Mit ihrer Prominenz, ihrem wohlklingenden Namen und ihren Einkäufen allerteuersten Luxusbereich, werde deren Wunsch, ihr die Rechnung für die gekauften und bereits mitgenommenen Kleider und sonstigen teuren Sachen bitte nachhause an die Vogelsangstrasse zu senden. Etliche Luxus-Geschäfte und – Boutiquen hätten sich inzwischen kurzgeschlossen und herausgefunden, dass es ihnen allen gleich gehe. Die Rechnung der Amalie von Falkenburg würden nie bezahlt, obwohl sie bereits im Besitz von den noch nicht bezahlten Dingen sei. Überschlagsmässig kommen die Geschäfte auf einen Millionenbetrag, der geschuldet werde. …"

„Das ist doch nicht die Möglichkeit! Male, meine Schwester soll …"

„Weil die Geschäfte wegen der Prominenz und den besten Vernetzungen der Schuldnerin bei einem Vorgehen gegen sie schlechte Presse und allenfalls Rufmord befürchten, hatten sie bisher noch nichts unternommen. Sich dafür an ihn, Bobby Renner, den Journalisten gewandt. Doch er habe ihnen geraten, Betreibungen einzuleiten. …"

„O Gott!"

„Doch es kommt noch krasser. Nach Bobby Renners Bericht, den Wachtmeister Pfund mit stoischer Ruhe und ohne eine Miene zu verziehen angehört, Harry Killmer aber unheimlich belustigt habe, hätte Harry Killmer auszupacken begonnen. Als Behördenmitglied hätte er mit Kindesschutz zu tun. Amalie von Falkenburg habe eine Tochter, die nicht unter ihrer Obhut stehe. Deren Beiständin und Vertreterin die

Mutter von Amalie von Falkenburg, Lola Bilgeri, geborene Küderli, geschiedene von Falkenburg sei. ..."

„Es ist halt so. Was ist schon Besonderes daran!"

„Beistände hätten periodisch Rechenschaftsberichte über die persönliche und finanzielle Betreuung ihrer Schutzbefohlenen abzuliefern. Alexa Vollmer, so heisse das Kind, besitze etwas Vermögen von ihrem verstorbenen Vater, der von ihrer Mutter, Amalie von Falkenburg bereits geschieden gewesen sei, als er verstorben sei. Nun sei anlässlich eines Rechenschaftsberichts ein beträchtlicher Vermögensrückgang festgestellt worden. Frau Professor Bilgeri habe zuerst behauptet, der Rückgang gehe auf übliche Kursschwankungen zurück, bis ihr Nachgewiesen worden sei, dass dreimal beträchtliche Summen von einem Bankkonto abgehoben worden seien. Kokett habe Frau Professor Bilgeri hingeworfen, na, Der BMW und die drei Persischen Nain-Teppiche hätten soviel gekostet. Auf die Frage, wozu ein 11-jähriges Kind einen BMW und drei Nain-Seidenteppiche brauche, ..."

„Der neue BMW von Mamatschi! Man fragt ja nie nach, wie das Zeugs bezahlt worden ist. Auch nicht bei Males immer so hyper-eleganten Outfits."

„Wachtmeister Pfund sei Harry Killmer über den Mund gefahren. Wenn Harry nicht augenblicklich aufhöre, Amtsgeheimnisse auszuplaudern, müsste er gegen ihn vorgehen. Harry Killmer habe dann schuldbewusst gegrinst, sich entschuldigt und gemeint, es bleibe doch strikte unter ihnen. Doch dann habe er noch meine Geschichte mit dem Katalogkauf und dem seit Jahren dauernden Rosenkrieg vor den Gerichten, die er von Belinda, der ich ja alles erzähle, kennt, erzählt. Nach dem Mittagessen habe Harry Killmer sogleich Belinda angerufen und sie gefragt, ob sie wisse, was bei den Bilgeris an der Vogelsangstrasse vorgefallen sei.

Belinda hat in dem Zeitpunkt noch nichts gewusst. Harry hat ihr dann die Gespräche während des Mitagessens mit seinen Freunden rapportiert. Dann hat Belinda mich angerufen und mich gefragt, was bei meinen Schwiegereltern los sei. Ich habe ihr alles erzählt. Ach ja, etwas habe ich vergessen. Wachtmeister Pfund habe sich gewundert, woher Bobby Renner schon wieder von einem Ereignis Wind bekommen habe, über das noch nirgends berichtet worden ist. Bobby Renner habe gegrinst. Er sei gut vernetzt. Das sei das höchste Gebot, um immer als Erster am Drücker zu sein. Er kenne den Journalisten Lisi Schaffner, der zufällig gerade in der Nachbarliegenschaft der Bilgeris sich als angeblicher Gärtner eingeschlichen habe, um über die Eigentümer dieser Nachbarliegenschaft zu recherchieren. Dieser habe die Tat beobachten können. Habe ihn, Bobby Renner sogleich darüber informiert, weil er selber an dieser Geschichte in seiner Funktion als Journalist nicht interessiert sei, auf keinen Fall darüber schreiben werde. Dabei habe Lisi Schaffner ihm erzählt, wie seine Mutter, die SP-Regierungsrätin, als er als Jugendlicher aus schulischen Grünen von der öffentlichen Schule zu einer Privatschule gewechselt habe, in einen Medienaufruhr gekommen sei. Wie er darunter gelitten habe und sich hüte, je unschuldige Leute um eines angeblichen Skandals willen in die Pfanne zu hauen. Wachtmeister Pfund habe dann gefragt, und, Bobby, wirst du nun ….? Wachtmeister Pfund habe seinen Satz nicht beenden können. Bobby Renner habe gesagt, er spüre echten Skandalen nach und sie hänge er an die grosse Glocke. Das Geschehen bei Bilgeris sei nicht im Geringsten ein Skandal, schlicht und einfach ein Familiendrama. Und das gehe die Öffentlichkeit nichts an, ausser es werde literarisch verarbeitet!"

„Wie ein Lauffeuer! Und was dabei alles rauskommt", rutscht mir bei ausgetrockneter Kehle dumpf heraus. Mapu umarmt mich wieder. Drückt mich fest an sich.

„Schrecklich", sagt sie, „wenn das, was man unter dem Deckel halten will oder gar nicht erst weiss, an die Öffentlichkeit gezerrt wird. Du hast dir nichts von alledem ausgewählt. Es ist dir zugefallen. Zugegeben, diese Zufälle sind schwierig und in dieser Anhäufung extrem belastend. …"

„Nicht zu wissen, wer was mit seinem Wissen anfangen wird. Nicht zu wissen, wer alles über mich und meine Familie Dinge weiss…", presse ich mit letzter Kraft hervor, bevor ich Tränen des Zorns in mir aufsteigen spüre und fühle, dass ich raus von mir muss. Nichts wie raus. Ich muss alleine sein.

22.

Alleine. Frische Luft. Ich atme tief durch.

Erneut entlädt sich in meinem Kopf ein Gedankengewitter. Die familiäre Einbindung ergibt sich zunächst einfach so. Kann und soll dann beliebig ausgestaltet werden. Oder man lässt es bleiben und lässt den Dingen ihren Lauf. Bis man ohne sein Dazutun in die ultimative Katastrophe hineinschliddert. Und dabei Dinge erfährt, die einen echt schockieren. Dabei ist die familiäre Beziehung von der tatsächlichen Gegebenheit und nicht von einem kategorischen Imperativ bestimmt. Dann zuckt man zusammen, und ist zerstört wenn man sich in eine Beziehung mit der autoritären Staatsmacht verhaspelt, mit der, insbesondere wenn es sich dabei um Strafbehörden handelt, mit denen nicht so total gut zu spassen ist und das Kirschenessen je nach dem ungemütlich werden kann. Ich bin ein Schwätzer, ein Geschichtenerzähler. Das Erzählen von Geschichten ist meine Leidenschaft. Und ich sollte dem Schicksal dankbar sein, dass ich so Vieles erlebe und mir ungewollt so Vieles zufliegt, das meine Neugierde gehörig anstachelt. Und dem ich erzählend auf die Spur kommen möchte.

Anstatt dass ich in ein Loch gefallen bin, ertappe ich mich plötzlich dabei, wie ich ,Anything goes' von Cole Porter zuerst pfeife und dann fröhlich vor mich hin trällere.

Seit Wochen, ja, Monaten versuche ich, dieses Lied auf dem Klavier hinzukriegen. Jeden Morgen übe ich strikte eine Viertelstunde die Akkorde und Läufe. Bin erst soweit, dass zumindest ich merke, dass sich hinter dem Geklimper eine Melodie verstecken könnte. Die mit etwas Glück vielleicht dereinst einmal sich zuerst zögernd, dann schwungvoll ganz zeigen könnte. Das hält mich bei der Stange. Ich übe fleissig jeden Morgen. Singe nun die Melodie, sogar mit dem Text, unterwegs in der Stadt, unbewusst und spontan. Wohl um mir zu zeigen, dass es auch schöne Dinge im Leben gibt. Man sie bloss erkennen muss. Nicht vor Unzufriedenheit in sinnloses Grübeln und Wälzen von quälenden Gedanken verfallen darf.

Durch die Tatsache, dass ich in einem zwar redseligen, doch nicht zu persönlichen oder gar intimen Bekenntnissen neigenden Familienpulk gleichsam gefangen bin und bisher keine Anstalten getroffen habe, daraus auszubrechen und mich zu verabschieden, hat das Schicksal für mich mit einem Mal, unversehens, zufällig, unzählige überraschende Geschichten auf Lager, die ein unerwartetes Ereignis ans Licht befördert. Was mir, dem echt leidenschaftlichen und neugierigen Geschichtenliebhaber, total entgegenkommt. Ich will die Welt nicht verbessern. Ich will bloss meinen Blick nicht abwenden, wenn sich etwas tut, was ich spontan scharf beobachten will. Das mich freut, mich belustigt, mich irritiert, mich beängstigt, mich erschreckt oder was auch immer.

Der über Jahrzehnte hinweg geduldige Papi zieht der ständig zeternden Mamatschi in einem Zornausbruch die Axt, mit der er im hinteren Teil des Gartens beim Hochbeet gerade herumhantiert, über den Kopf. Verletzt sie, indem er ihr den Schädel spaltet. Dabei trifft ihn der Schlag. Und er ist tot.

Diese Geschichte ist schnell erzählt. Ich muss kein Geheimnis daraus machen. Selbst wenn mir Einiges von dem, was am Rande dabei noch herauskommt, peinlich ist. Wer bin ich denn, dass ich mich für Dinge schäme, die Tatsachen sind. Ich will nichts an die grosse Glocke hängen, doch wenn's bekannt wird, sei's drum! So einfach ist die Geschichte. Als Jurist ist auch mir klar, dass diese Tat keine strafrechtlichen Folgen hat. Der Täter ist tot. Ihn hat das Schicksal erreicht.

Verdammt nochmal, bin ich doch in Gedanken versunken am Viadukt vorbei gegangen. Ich kehre um, um im Viadukt im Pie-Shop die von Leslie georderten Pies für das Nachtessen zu kaufen.

Endlich zuhause, beladen mit Pies aus dem Pie-Shop und mich nach dem nervenaufreibenden Tag auf den von Leslie kühl gestellten Pink Champagne freuend. Meine Freude und Gelassenheit sind gespielt. Im Kopf wuselt das Erlebte weiter. Ich stecke in einer unglaublichen Geschichte drin, die ich bloss schreibend werde angemessen verarbeiten können. Ich frage mich, wo und wie ich beginnen soll, sobald ich die Musse haben werde, mich vor ein leeres Blatt Papier zu setzen, den Caran d'Ache Shakespeare-Füller in die Hand zu nehmen, ihn auf das leere, weisse Papier anzusetzen und Gedanken aus meinen Innern freizukitzeln, bis sie zu fliessen beginnen. Der erste Satz soll lauten … Na, wie soll er lauten? Wenn Imagination gefragt ist, bleibt sie aus. Mir fallen einmal mehr wieder bloss so Banalitäten ein wie, ich öffne unsere Wohnungstüre … Halt, halt. Dieser Anfang ist überhaupt nicht blöd. Ich öffne die Wohnungstüre. Mit Herzklopfen. …

„Kommst du endlich! Lilly und ich sitzen bereits am Tisch. Die aufgewärmten Pies riechen herrlich. Komm her und öffne endlich den Pink Champagne! Mich dürstet"

Shakespeare was right that we treat the world as a stage.
Justin Tosi / Brandon Warmke,
Grandstanding – Use and Abuse of Moral Talk (2020), Seite 25

23.

Und wenn man denkt, man hat das Ärgste überwunden, holt einen der Alltag ein. Ich stehe schon wieder vor einer Pflichtübung, vor der ich den Bammel habe. Ich muss Mamatschi im Spital besuchen.

Wie wird ihr Zustand sein? Was soll ich ihr sagen? Wird sie mir wieder etwas an den Kopf werfen, das mich wütend macht und herabwürdigt? Die Ängste nehmen Überhand. Ich bin nicht hysterisch. Ich bin ein Zweckpessimist. Spiele die Klaviatur aller schrecklichsten Möglichkeiten durch. Der Haken daran ist, dass das Spiel sich so sehr in die Seele nagt, dass das spielerische Element mit einem Mal weg ist und Ängste sich aufblähen. Diesem Mechanismus gegenüber scheine ich machtlos zu sein. Kann nichts von dem, was aus meinem Unbewussten ins Bewusste quillt und sprudelt, unterdrücken.

Leslie fragt, ob ich mich nicht wohl fühle? Ob ich nicht gescheiter meinen Besuch im Spital verschiebe und mich nochmals ins Bett lege? Die letzten Tage seien womöglich etwas zu viel für mich gewesen. Ich solle nicht den starken Mann herauskehren. Es sei keine Schande, Schwäche zu zeigen.

Die Worte von Leslie holen mich aus meinem dunklen Loch zurück in meine Zuversicht. Schon nur ihre Stimme zu hören. Zu wissen, dass ich nicht alleine bin, verjagt das Grübeln und die Ängste.

In meiner Situation wäre es nicht angemessen, fröhlich lachend hinzuwerfen, es sei alles okay, die düstere Wolke sei vorübergezogen. Selbst vor meinen Nächsten fühle ich mich irgendwie verpflichtet, eine der Situation gerecht werdende Reaktion an den Tag zu legen. Im Wissen um das, was geschehen ist, lacht man nicht! Ich gehe auf Leslie zu und umarme sie.

„Keine Sorge, ich werde es schaffen", flüstere ich. „Schliesslich, was ist schon dabei. Mamatschi kenne ich seit beinahe 40 Jahren. Wer weiss, vielleicht hat der Schlag auf den Kopf sie sogar zur Raison gebracht. Und sie kann es lassen, mich gleich wieder abzukanzeln."

Nun lacht Leslie. Ohne dass wir es bemerken ist Lilly dazugekommen. Die Kleine fragt, „ist Mamatschis Kopf ganz kaputt gegangen oder ist noch etwas davon übrig geblieben?"

„Genau das werde ich heute Morgen herausfinden. Und es dir dann sagen."

„Und Opi ist jetzt da oben? Was macht er dort? Gibt es dort einen Garten. Tut er dort gärtnern?"

„Oder sich vom Gärtnern ausruhen", werfe ich hin und bin so froh, dass Lillys Zunge gelöst ist und sie von sich aus über das, was sie an Schrecklichem mitbekommen hat, reden kann.

24.

Unwillkürlich bin ich einmal mehr ins Grübeln geraten. Das Grübeln scheint mein Fluch zu sein. Dann stellt sich mein Bewusstsein irgendwie auf eine Automatik ein. Dann schrecke ich aus Gedankenwirbeln auf und muss mir wieder klar werden, ich gehe nun auf den Spitaleingang zu, gehe durch den kleinen Vorgarten. An verschiedenen Nebengebäuden vorbei und sehe dort vorne bereits den Spitaleingang. Ich schnaufe erleichtert auf. Bald, bald werde ich das, was mir so schwer auf dem Magen liegt, hinter mich gebracht haben. So kurz vor der gefürchteten Begegnung werde ich ganz ruhig. Stehe kurz still. Stecke mir eine Zigarette an. Geniesse den ersten Zug. Lasse meinen Blick umherschweifen.

Halt, das darf nicht wahr sein!

Von einer gesamten fensterlosen und rechteckigen Wand eines ungefähr zweistöckigen Gebäudes des Spitalkomplexes springen mich Farben an. Ineinander verwischtes Blau, Grün und Gelb. Street Art. Ein Bild, das mich in seinen Bann zieht. Diese Malweise erkenne ich. Genauso sprayt mein Lieblingssprayer. Dieses faszinierende Mural / Wandbild muss von Street Artist Bane stammen. Und richtig, beim näheren Hinschauen erkenne ich dessen Signatur unten links am Rand des Bildes und der Wand.

Seit Jahren bin ich Graffiti Fan. Mich ziehen Farben an, die unverhofft und überraschend von grauen Beton- und anderen Wänden im Dickicht der Städte strahlen und auffällige Zeichen, Anregungen oder ganz einfach schöne oder irritierende Anblicke setzen. Ich liebe gekonnte, kunstvolle Formen und Darstellungen, bin auch neugierig darauf, welche Geschichten aus den Bildern sprechen. Welche Assoziationen sie erregen. Seien es schwer oder nicht zu entziffernde Namenszüge in schwungvoll oder kantig verzerrten Schriften, Porträts, Kunstfiguren oder ganze Bilder. Meist auf für Graffiti freigegebenen Wänden von Unterführungen oder Abschrankungen, an ganzen Hauswänden, meist von der freien Sprayer-Szene angebracht. Oft auch als Auftragswerk von Hausbesitzern. Schmierereien sind mit ein Gräuel.

Öfter war mir bei Streetart Bildern die Signatur Bane aufgefallen. Ich fresse den Narren an Banes Bildern. Aus Sozialen und Print-Medien erfahre ich seinen Werdegang. Während zehn Jahren hatte er schwer in den Drogen gehangen. Findet dann mit Sprayen und mit seiner Kunst aus der Abhängigkeit heraus. Ist seit über zehn Jahren clean und mausert sich zum weltbekannten und begehrten Streetartisten durch. Er organisiert Streetart Festivals und ist als Mensch und Künstler in der Drogenprävention engagiert. Ein Lebenslauf, der berührt und den ich bewundere. Und dieses Bild, auf das ich zufällig in einer für mich düsteren Stunde stosse, rettet mich aus meinen Grübeleien.

Das Bild stellt die mit Cis-Gis-Horn und Drehlichtern angesaust gekommene Rettung dar. Das Rettungsfahrzeug steht im Hintergrund auf der gepflästerten Strasse in der Nacht. Die Scheinwerfer des Rettungsfahrzeugs sind helle Lichtkreise. Im Vordergrund Rettungssanitäter und Rettungs-sanitäterinnen, die in Bewegung sind und gemäss ihrem Auftrag handeln. Es geht um Minuten. Eine besondere Dynamik wird in der Darstellung bewirkt, indem die Konturen verwischt sind, kombiniert mit schwankenden Perspektiven. Das, was das Bild erzählt, wird erst nach und nach erkennbar. Die grob gepflästerte Strasse, der Ort, über dem sich in rasender Eile Rettendes tut. Nacht, spärliches Licht, bloss die Lichtkegel der Scheinwerfer des Rettungsfahrzeugs im Hintergrund. Die rettende Hilfe in Form von Rettungssanitätern, in verwischten Konturen gesprayt, die sich gleichsam über den Betrachter des Bildes beugen. Ein verdammt dynamisches Bild, das dem Betrachter die Rettung in ihrem bestimmten und raschen Handeln hautnah in die Sinne trägt. Es geht um Minuten. Eine in der Nähe aufgestellte Tafel erklärt, dass das Bild ein Auftragswerk ist zu einem Jubiläum der Abteilung Rettung des Spitals.

Falls die Minuten verstreichen, ohne dass die Rettung kommt. Hilfe zu spät kommt. Gekommen wäre. Die Verblutung das Ihre getan und einen Schlusspunkt gesetzt hätte. Der böse Gedanke, wie alles gelaufen wäre, wenn die Rettung in unserem Fall zu spät gekommen wäre. Die Hilfe für Mamatschi zu spät gekommen, sie verblutet wäre.

Ich ertappe mich beim verbotenen Gedanken, dass mir dann einige zusätzliche Aufregungen und Umtriebe erspart geblieben wären. Dass mir das objektiv Fatale gelegen gekommen wäre.

Was auch immer gewesen war, diesen bösen Gedanken mit dem Wunsch, dass Mamatschi gestorben ist, darf ich nicht denken. Gedacht ist gedacht. Das schlechte Gewissen treibt mich um. Bin ich tatsächlich so gefühllos, dass ich mir den Tod von nahen Menschen wünsche. Im Moment, wo es sich gehörte, dankbar dafür zu sein, dass nicht noch zusätzlich Schlimmeres geschehen ist. Dass nach dem Tod von Papi zumindest Mamatschi überlebt hat. Die Vorstellung, wie sie mich gleich, in wenigen Minuten, falls sie wach und voller Bewusstsein ist, empfangen wird, jagt mir einen Schauder durch den ganzen Körper.

25.

Verlegen, wie ich bin, kann ich beim Eintreten ins Krankenzimmer bloss sagen, „Ach, Male ist noch nicht hier? Sie wird bald kommen. Sie hat versprochen, dich ebenfalls zu besuchen. Wie geht es dir. Mamatschi?"

Der Anblick von Mamatschi in diesem Krankenzimmer, in dieser sterilen Atmosphäre, bei diesem seltsamen Geruch, sie weiss in Weiss mit einem weissen Verband um den Kopf. Das vertraute Gesicht. Ungewohnt entspannt. Irgendwie herzlich strahlend. Strahlt sie mich, mich, den Versager-Sohn, herzlich an?

„Mein lieber Adi. So lieb, dass du mich besuchen kommst. Lass dich anschauen. Du bist ein so hübscher Kerl. Ich bin so stolz auf dich. Mein Befinden? Mir geht's blendend! Komm her, lass dich umarmen. In dieser Ausstaffierung bin ich nicht so beweglich. Daher musst du dich zu mir herbemühen, damit ich dich küssen und herzen kann."

Ich erkenne Mamatschi nicht wieder. So fröhlich, entspannt und zugeneigt habe ich sie noch nie erlebt. Sie ist verwandelt. Nicht wiederzuerkennen. Ich glaube zu träumen.

„Entschuldige, mein Lieber, dass ich dich so überfalle. Doch ich muss es loswerden. Wo ist Papi? Schämt er sich etwa, mir nach dem, was geschehen ist, unter die Augen zu treten? Sage ihm, ich trage ihm nichts nach. Er braucht keine Angst zu haben, mich zu besuchen, der Gute. Bemerkst du den Wandel, der sich in mir vollzogen hat? Zu verdanken habe ich diesen Wandel einer Putzfrau. Ja, du hast richtig gehört, einer Putzfrau! Früher war ich ungeduldig gewesen. Habe die Leute harsch angefahren. Bin richtiggehend böse gewesen. Weisst du, woher das kommt. Ich bin zu intelligent! Und daher den anderen gegenüber oft ungehalten. Sie sind nicht so intelligent wie ich und können nicht nachvollziehen, was in mir abläuft. Ich muss künftig Rücksicht auf euch und alle anderen nehmen. Darf nicht gleich losdonnern. Da staunst du, wie?"

Mamatschis Redefluss überrascht mich und lässt mich sprachlos. Ich kann und will sie nicht unterbrechen.

„Die Putzfrau, ein unförmiges Wesen, wie ich annehme aus dem Balkan, putzt, während ich hier im Bett liege und spontan denke, was putzt sie, während ich meine Ruhe haben möchte. Ich fahre sie unwirsch an. Sie richtet sich auf, sieht mir in die Augen. Einen Augenblick lang schweigend. Ihr Blick versetzt mich in Unruhe. Doch darf ich ihm nicht ausweichen. Dann beginnt sie zu reden. ‚Madame, sie mich haben geschimpft. Sie denken, ich dumme kleine Frau. Darf man schimpfen. Sie gescheit. Ich dumm. Ich nur tun, was tun muss. Nicht so gescheit wie sie.' Die Worte dieser einfachen Frau berühren mich. Mir fällt es wie Schuppen von den Augen. Stimmt, ich bin gescheit. Nicht alle Menschen sind so gescheit wie ich und erkennen auf Anhieb, was sich in mir tut. Ich muss unbedingt bedenken, dass ihr andern euer

Bestes gebt und es nicht darauf abgesehen habt, mich zu ärgern und mir Böses anzutun. Diese einfache Frau hat das in Worte gefasst, was mich bewegt. Ich muss mich beherrschen. Nicht alles selber bestimmen wollen, weil ich alle anderen für dumm halte. Ich muss mich in andere Leute, die nicht so gescheit sind, wie ich es bin, hineinversetzen können. Anstatt alle anderen herumzudirigieren, hinhören und beobachten. Unbedacht habe ich in meinem Leben so Vieles falsch gemacht. Das muss sich ändern."

Mamatschi sieht mich lächelnd an. Sie verstummt. Ich weiss nicht, was sagen, was tun. Aus Verlegenheit ergreife ich einen Stuhl, rücke ihn an Mamatschis Bett. Setze mich so, dass ich ihr in die Augen schauen kann. Sie greift nach meiner Rechten, zieht sie auf die Bettdecke und streichelt sie. Dann fährt sie fort mit ihrer Rede.

„Böse Zungen werden bestimmt behaupten, der Schlag auf meinen Kopf habe diesen Wandel bewirkt. Blödsinn. Es war die Putzfrau. Ich habe ihr heulend gesagt, wie recht sie hat. Sie ist einen Moment verlegen dagestanden und hat dann ihre Putzarbeit flugs zu Ende gebracht. Schon erstaunlich, dass echte Hilfe oft aus einer unerwarteten Ecke kommt. Mir ist es von Anfang an eigentlich gut gegangen. Nach der Operation bin ich aufgewacht, auf meinem Bett in die Intensivstation gerollt und intubiert worden. Nicht nötig, schon bald bin ich hierher gebracht worden. Die Ärzte sagen, ich bin ein Wunder, dass ich bereits wieder so gut drauf bin. Schwester Malwine hat mir dann erklärt, die Wunde habe ja bloss vernäht werden müssen und lebensbedrohlich sei die Verletzung nicht gewesen, ich hätte unmöglich verbluten können. Es habe einfach furchterregend ausgesehen, wie es eben so ist nach einem Axthieb auf den Kopf. Schwester

Malwine ist im Notfall. Hier sind Schwester Helen und Schwester Susanne und Schwester Marianne. Alle so durchaus nett und fürsorglich. Ja, dann haben sie mir ein Care-Team an den Hals gejagt. So ein Quatsch. Diese Dame wollte unbedingt, dass ich jammere und eine Trauermiene aufsetzte, damit sie im Stundenlohn als Klageweib mit mir mitjammern kann. Ich habe sie gleich weggejagt. Also, mit freundlich Worten. Es ist so eine anregende Abwechslung, in einem Spital zu sein. Du musst mir unbedingt mein Handy bringen. Ich will alles fotografieren, festhalten. Ist das Zimmer nicht entzückend? Es ist mir so leid, dass ich Papi, euch allen das Leben so schwer gemacht habe. Papi klagte mir oft, er habe die Nase voll und wolle mit allem Schluss machen. Er hat nach seiner Emeritierung keinen Sinn mehr in seinem Leben gesehen. Ist im Leerlauf ziellos durchs Leben geschliddert. Sobald ich mein Handy habe, werde ich Rechtsanwalt Leuthold anrufen und ihm sagen, dass er deine Scheidung von Mapu zu einem Ende bringen und Mapu mit einer beachtlichen Summe abfinden soll. Ich werde ihn auch beauftragen das Zeugs mit der Kindesschutzbehörde, wo ich zu Unrecht auf das Vermögen von Alexa zugegriffen habe, beenden soll. Ich habe mich da falsch verhalten und stehe dazu. Auch Males Schulden, die sie bloss gemacht hat, um vor mir als strahlend elegante Frau dazustehen, will ich begleichen. Ihr seid nicht mehr unter meiner Fuchtel. Ihr sollt eure Leben leben, wie es euch entspricht und gefällt. Und nun das Wichtigste: Rufe augenblicklich Mapu an und sage ihr, sie und Eve sollen herkommen. Ich will mit Mapu Frieden schliessen und mein geliebtes Evchen endlich wieder in meine Arme schliessen. Auch Leslie und Lilly sollen herkommen. Und Alexa. Ich will euch alle, ihr Lieben um mich haben und künftig eine Mamatschi sein, die auch ihr lieben könnt."

Klopfen an die Zimmertüre. Die Zimmertüre öffnet sich. Male steht im Türrahmen. Mit aufgesetztem Lächeln und, „Ach, du, Adi, bist bereits da. Mamatschi, so schön ..."